名师名校名校长

凝聚名师共识
回应名师关怀
打造名师品牌
培育名师群体

程明远书

在山的那边

我的教育教学思行录

景耀勇／著

吉林文史出版社

图书在版编目（CIP）数据

在山的那边：我的教育教学思行录 / 景耀勇著. —
长春：吉林文史出版社，2022.8
ISBN 978-7-5472-8650-0

Ⅰ.①在… Ⅱ.①景… Ⅲ.①散文集—中国—当代
Ⅳ.①I267

中国版本图书馆CIP数据核字（2022）第143020号

在山的那边：我的教育教学思行录
ZAI SHAN DE NA BIAN：WO DE JIAOYU JIAOXUE SI XING LU

著　　者：景耀勇
责任编辑：高丹丹
封面设计：言之凿
出版发行：吉林文史出版社有限责任公司
电　　话：0431-81629369
地　　址：长春市福祉大路5788号
邮　　编：130117
网　　址：www.jlws.com.cn
印　　刷：北京政采印刷服务有限公司
开　　本：170mm×240mm　1/16
印　　张：14
字　　数：252千字
版 印 次：2022年8月第1版　2022年8月第1次印刷
书　　号：ISBN 978-7-5472-8650-0
定　　价：58.00元

序　言

从事教育工作已经25个年头了，和写作结缘，做梦都没有想到。

从小语文就是我的弱项，更别提写作了。在"学好数理化，走遍天下都不怕"的20世纪80年代，理科学习是我的强项，凭借着优异的成绩考上了中师，也是凭借着突出的数理化成绩被保送上了大学，压根儿没有想着搞点儿写作，与文字结缘。

造化弄人哪！小的时候不愿当教师，现在教师却是我的职业；小的时候喜欢理科，崇尚科学思维，现在则从事文科教育，更喜欢文人情怀，生活也许就是这么不遂人愿。

1996年参加工作，没有电脑，更没有网络，一缕情思几番心事，只能从笔尖滑落在稿纸上，全然疏散心情，与自己对话而已。偶然采一缕清风，捡一片树叶，摘一朵云彩，拾一筐情绪，交给文字去串联，是一种心情，也是一种释怀。

时间久了，习惯悄悄变成了自然。时不时地喜欢一个人安静地坐下来，煮一壶茶，品茶，读书。读到心灵相通，情感交融之时，随兴致提笔，心随笔飞，笔随心走，自由潇洒地写上一段文字，抑或成章，聊以自慰。

日子长了，慢慢喜欢上了听雨，怜香；喜欢上了观景，赏月；喜欢上了琢事，悟道；更喜欢上了听自己的心跳，写自己的心情。虽然是断章碎句，抑或只言片语，然字里行间尽显其趣，尽见其情，闲言碎语之处皆是风景，随着岁月的打磨终会被演绎成章，问之于世。

抱着这样的情怀，一路走，一路歌。当然，我的写作经历不像一些人想象的那样艰难和痛苦，也没有急功近利到绞尽脑汁、呕心沥血的程度。只是想写就写点儿，不想写就停下来，没有人勉强，也不是什么职业，更谈不上创作，纯属业余爱好，随兴致罢了。因此，轻松、快乐、享受。

2012年初春，在为主持研究甘肃省科研规划课题"高中综合实践活动校本课程开发与应用研究"而整理资料的时候，忽然发现自己这些年来出版、发表的文章已经不少了，便萌生了整理成册、孤芳自赏、留作纪念的想法。

心动不如行动，说做就做。历经数月的整理、编撰，于2012年隆冬，我的第一部个人专著《春华秋实》问世了，洋洋洒洒十几万字，记录了我上学、工作和生活的点点滴滴，也是我个人成长的文字见证。这是一本混杂型个人作品集，其中主要包括了我个人出版、发表的一些文章，课程教材和教育随笔。同时，附带了一些优秀的获奖书法、绘画作品。

2013年，我有幸参加兰州市第三届"金城名师"的评选活动，经过复杂的网络投票、面试答辩、专家评审等环节，最后被兰州市委、市政府正式授予"兰州市金城名师"称号，并于同年12月24日挂牌成立了"兰州市景耀勇名师工作室"。作为领衔名师，被赋予了新的使命，更多了一份写作的"梦想"，也激发了想继续在教育教学工作中做出更多成绩的决心。年底，编辑了普通高中《综合实践活动》校本课程一书，2014年正式出版了个人专著《教科研之路》，之后相继出版了《与领导力同行》《能力在行走中锻炼》《花开有声》等著作。在教育领域的孜孜钻研和潜心实践也成就了我的教育梦想。

教育永远在路上。经过对教育教学工作的思考、感悟、研究、写作，积累了丰富的教学经验，更激发了继续探索和写作的热情。研究工作虽然费了不少脑筋，却迎来了太多的收获和乐趣。由于研究，"问题"成为我产生灵感的源泉，不再像以前那样惧怕"问题"。"学生"成为我研究问题的实践对象，更加愿意和学生们在一起，走进他们的内心世界。"写作"积淀了我人生的厚度，提高了我生活的质量，陶冶了我的情操，丰富了我的人生经历，与文字结缘，为成功如虎添翼，让灵魂有了知己，使人生变得鲜活。

《在山的那边——我的教育教学思行录》既是我在教育教学过程中一路走、一路看、一路畅想未来、一路梦想明天，用另一个视角看教育的散文集，也是我教育教学专业性写作的调味剂。本书以散文体的形式，记录了我在教育教学过程中的内心世界和对教育事业的情感，有感有悟；记录了我在教育之余游山玩水、陶冶性情、增长见识，丰富教育内涵，提高教育信念的游记；抒发着自己热爱自然，感悟自然，理解人生，珍惜当下的生活；见证着我教育人生的足迹和乐观豁达的人生信念。

记录得多了，人的格局也就大了。一个人的一生，如果缺少了记录，就是虚无的一生，没有方向的一生。《在山的那边——我的教育教学思行录》就是我的人生记录，是一本散文集，是一本警示录，也是一本教科书；既是我的教育梦想，也是我的生活和人生追求，喜怒哀乐尽见其中。

《在山的那边——我的教育教学思行录》书名经过数年斟酌，由我的散文集《寻梦》《静待花开》一路考量过来，最终敲定为"在山的那边"。因为《寻梦》最能体现为教育、为人生，不愿甘拜下风，孜孜以求，精益求精，不为最好，只为更好，追求卓越的人生信念。而《静待花开》中包含着教育梦、人生梦、理想梦、生活梦，国梦家梦个人梦，梦梦基于一书，是情与血的浓缩，是志与趣的再现，只待春暖花开，冰雪融化，逐梦前行。然，《在山的那边——我的教育教学思行录》反映了倾己一生从事教育事业之外的，佐证或者支撑教育人生的另外一个支点；抑或是换一种视角看教育的心态变化和内在基因，其实也借用了我的诗歌集来原创命名。这样也罢！

有人说，文学就是人学，真实，方能打动人心。我说，散文就是生活，真情实感，才有珍藏的价值。教育学术研究时间长了，偶有枯燥乏味的时候，如果能在研究之余，渗透点散文诗歌随笔做点缀，会增添学术研究的乐趣，提高写作的兴致，赋予文章以灵性，让研究和写作活灵活现，贴近生活，永远保鲜，耐人阅读。文章乃是千古事。抒发自己的真情实感，记录自己的真实故事，与文相伴，让心跋涉在自由的山巅，让情深入平凡的生活。站得高，方能看得远；扎得深，才能根深叶茂。文如其人，厚积薄发，让它能成为人生的文化享受和精神美餐。

《在山的那边——我的教育教学思行录》散文集的问世，是我的写作由学术领域向外延伸的一个重要见证，是我教育情结的另一种表现形式。三尺讲台写春秋，寓教于乐，乐于钻研，勤于写作，让书香弥漫天地，溢满人间，陶醉心灵，丰富人的精神世界。愿本书带给广大读者以精神大餐，文化食粮，润泽心扉，启迪智慧。当然，由于本人水平有限，不能鞭辟入里，书中的瑕疵和不足肯定有之，敬请读者朋友们批评指正。

2022年春写于金城兰州

序言

目　录

第一辑　心随笔落处

书一笔沧桑，话流年 …………………………………… 2

每个深秋，我都带你走 ……………………………… 5

记忆中的那片天空 …………………………………… 8

被风吹散的思念 ……………………………………… 10

给心放个假 …………………………………………… 13

宽容是一种境界 ……………………………………… 16

人，不能缺少精神 …………………………………… 19

渴望相识 ……………………………………………… 21

上善若水　从善如流 ………………………………… 24

诗和远方的年龄 ……………………………………… 27

凡念在心中，下笔总含情 …………………………… 30

潜夫山人 ……………………………………………… 32

闲来无恙来悟禅 ……………………………………… 35

念在眉心，不语也倾城 ……………………………… 37

生命，是一场花开 …………………………………… 39

命　运 ………………………………………………… 41

第二辑　浓墨育人心

幸福，是一种心态 …………………………………… 54

做一个有故事的教师 ………………………………… 56

教育随笔 ……………………………………………… 59

角色翻转 ·· 61

构思，在这里灵动 ··· 65

艺术，在这里绽放 ··· 69

教育情怀 ·· 74

对教育的执着 ··· 79

选择无悔人生 ··· 85

"文化"经营之道 ·· 88

"教育"经营之道 ·· 92

不忘初心共成长 ·· 94

行走在江浙教改的路上 ·································· 99

心随平野阔 ··· 104

再下江南寻师问道 ······································· 108

井冈山：永远的精神丰碑 ····························· 111

第三辑　情趣纸上跃

泰山观日出 ··· 116

登九州台 ·· 121

畅游天赐温泉 ·· 124

川西入佳境　成渝汉中游 ······························ 128

人间仙境蓬莱阁 ··· 155

再进川西　重温美丽 ····································· 159

美轮美奂云崖寺 ··· 173

三伏天，话茯茶 ··· 180

南岳衡山 ·· 184

古城西安游 ··· 189

大漠的灵魂 ··· 197

第一辑

心随笔落处

　　红尘浅醉，岁月静好；流年如水，岁月无言。拾一些心情聊以自慰，折一笺潮湿的文字，温柔了多少孤单，不求风月在手，不慕花香满衣，守一份简约与惬意，让宽容和善良温馨你我的心灵，把爱悉数珍藏。

　　形散神聚，言美意韵的散文更能体现人的心境。每个人都可能与幸福欣喜相逢，每个人都可能与痛苦不期而遇。写一段文字，将一缕岁月妥帖安放，或悲或喜；记一段心情，将一怀沧桑静静收藏，或浓或淡，静待花开。

书一笔沧桑，话流年

孔子曰："吾十有五而志于学，三十而立，四十而不惑，五十而知天命，六十而耳顺，七十而从心所欲，不逾矩。"

已经步入"不惑"之年，书一笔沧桑，话流年。

人一过四十，感慨就多了。身体也大不如以前，体检报告中的"箭头"也次递增了起来，身体的报警器已经拉响，不敢胡吃海喝，不再像以前那样没日没夜，糟践身体了。

人这一生说长也长，说短也短。同学聚会的时候，经常回思往事纷如梦，谁已经不在了，谁混得如何如何。如果细细对比就会发现，他已经和"梦"少年没有对应关系了，也许你少年轻狂，也许你年轻妄为，现在都不重要。曾经的感情纠葛，卿卿我我，海誓山盟，蓦然回首，才发现"天长地久有时尽""海誓山盟总是赊"。不必解释，无须细说，淡淡一笑，全然释怀。曾经天真也罢，幼稚也好，都成为一种美好的记忆，随着时间的推移，仿佛不断稀释的茶水，慢慢淡化，但意味深长。

尘世如烟，流年易逝。人活着活着就有点儿归真，仿佛看破了红尘，看淡了流年，看开了一切。越是这个时候，越感觉能拿得起放得下了，原来看不惯的事情也习以为常了，原来必须要争得面红耳赤的场面，也只是淡然一笑。发现这个时候，最适宜的职业是教师，因为有耐心；最容易创作的成果是"真"，回归人的本性，急功近利、追名逐利的年轮成为历史。这个时候的人学会了做一个虔诚的过客，不去计较得与失，寻求一份心灵的宁静，带着一份赏花的心情，品味生活的芬芳；这个时候的人学会了自我承受，自我释压，自我舍取，缘聚缘散都是定数，不为难自己，徒增伤悲；这个时候的人活得最踏实，过得最真实，处事最现实。

"不惑"之年，更懂得珍惜。老小是亲情，爱人是依靠，愿意守住自己的一份安逸宁静的生活。不再追逐生命的浪花；不再夜不归宿；不再为了鸡毛蒜皮和亲人争辩。这个时候的人更珍惜亲情，对老人孩子老婆关心备至，对兄弟姐妹亲戚照顾有加，对朋友同事对手由衷尊重；这个时候的人更珍惜生命，知道自己是"家"的支柱，自己的追求与众不同，做好当下。

"不惑"之年，更知道懂得。知道了"家"的重要，懂得了"家"的感觉，找到了"家"的味道。这个时候的人懂得了"父母"的不易，尽孝的紧迫；懂得了"育儿"的重要，方法的艺术；读懂了"老婆"的珍贵，陪老的伴侣。知道花更多的时间来陪伴他们，懂得用心来经营一个温馨"家"的重要。知道没有家，心就累，心累则身惫；没有家，心就永远没有停靠的地方，体会到一个游子对家的渴望。这个时候的人更懂得了谁才是你生命中真正的守候，谁才是你风雨中真正的撑伞人；懂得欣赏你的人一直就在你身边，懂得关心你的人也在你身边，打一个喷嚏以为你感冒了，皱个眉头以为你有心事了，她才是在乎你的人，值得一生相拥；懂得了生命中的每一次坎坷和经历，都是一种收获，一种历练，是踏寻流年刻下的痕迹，是生命中真实的自己。

"不惑"之年，更成熟稳健。因为生命穿过四季，便体会了风雨霜雪，被打磨得顽强有韧性；缘分经过聚散，便沉淀了真情实意，被练就得知情懂温暖。这个时候的男人少了那份锐气，变得风度翩翩，温文尔雅；这个时候的女人没有了那份单纯，变得婀娜多姿，柔情似水。感情经历岁月的磨砺，人生经历年轮的锤炼，男人们多了一份成熟，添了一份深沉，加了一份豪放；女人们多了一份矜持，添了一份端庄，增了一份美丽。

人一过四十，就由《万马奔腾》转向《二泉映月》，再读"三十功名尘与土，八千里路云和月"已没了当年的豪气、霸气。少了那种冲动，多了一份沉思，滚滚红尘，世事难料，功名利禄，淡如云烟。岁月的痕迹中，多了更多的责任，上有老下有小，责任如天，道义如山，扛得过，挺得住，中年虽美，我心累！

人一过四十，有时候感觉好像活反了，小的时候最不愿当老师，现在当了老师，慢慢喜欢上了老师；小的时候喜欢理科，崇尚科学思维，现在则从事文科工作，更喜欢文人情怀；小的时候不爱读书，现在一有时间就想读书。

人过四十，不再为名利烦恼，吃亏占便宜就那么一回事，也许占小便宜吃大亏。其实人活在世，哪能事事公平，样样如意；哪能没有伤痛，没有遗憾；悲欢离合，人情冷暖，看淡一些无法割舍的过往，看淡一些留不住的情义，流年似水。

人啊，疲惫了就休息，酸心了就落泪，拿不起就放下。

冬日里的西北，死一样的寂静，世界一片灰色，仿佛绿色和生命都进入了冬眠期。懒缩在温暖的书房里书一笔沧桑，话流年，虽然感慨颇多，但也很惬意。

诗意的乡愁，游子的离绪，更多存在于记忆的深处，不小心挖一块，嚼嚼其中的味道，感慨流年已逝。

看，岁月染红的沧桑；忆，往事零落成泥水。生活本是苦乐的堆积，苦中作乐，人生原是悲喜的聚集，悲中有喜。

人，很多的时候是被时光遗忘在一隅，很多的缘分，也只不过是一次次的偶遇，一旦分别，再见无期。阡陌红尘中，那些或浓或淡的往事，那些飘来飘去的风景，那些被历史雕刻着的沧桑，抑或晃荡着的"幽灵"，总会在记忆中留下淡淡的痕迹，不失时机地绽放着幽沉的茗香，幻化成今天的故事，淡淡地落在笔尖，安逸地沉浸在淡漠的流年中，成为记忆。

人，应该待心静下来的时候，书一笔沧桑，话流年！

（2015年元月25日写于兰州，此文发表于2016年8月《中华散文精粹》一书，并获《中华散文精粹》征文一等奖）

每个深秋，我都带你走

　　也许因了某种缘，每个深秋，我都带你走。不知何时，我们约定了出发的时间，每年的秋天，我们必定相约，在金黄色的胡杨林，在漫山红遍的米亚罗，在铺满落叶的小树林，在光影魔化的新都桥，在美丽的呼伦贝尔，抑或在让人神往的雪域高原，在层林尽染的天山边池，看江山多娇，万山红遍。肆无忌惮地将我们抛进了五彩斑斓的世界里，任霞光美幻，倩影袅袅，呼吸着香甜的空气，元知秋事洗心胸，给心灵放个假。那时，你一定记得将你我打扮成和谐的色调，仿佛幻化成自然的颜色，恰如其分地与大自然融为一体。

深秋留影

5

人生一世，草木一秋。尘缘，不敢奢望；姻缘，三生缘定。徜徉在秋色里，和着月色一起赏秋，你说今夜的月光最亮，星星最明，取一瓢倒置的月光，稻魂和水韵作证，日月不老，岁月无增，缘何似个愁，哪一个"情"字了得！

今年的秋，我们又即兴相约，漫无目的地游走在秋色里，一如初心，誓约不改。子午岭南梁红色记忆，中华民族始祖黄帝陵，黄河大合唱壶口瀑布，寻根问祖大槐树，灵石明清故居王家大院，中国佛教四大名山之一五台山，三晋第一名山北武当……不以物喜，不以己悲，浑然天成。

都说落叶是通灵的，可以窥尽秋起秋落。还真是，你看看那清晰的脉络里尽显世间沧桑，看似杂乱无章，却又极有定数，真应了"一花一世界，一叶一菩提"的禅语。

站在秋风里，不冷不热，正好，看"淅淅潇潇飞落叶，飘飘荡荡卷浮云"。此时，无须对月饮酒，也无须凭栏吟咏，魂牵梦绕解千愁，唯愿化作一枚红叶，成蝶。

和着秋色，寻觅一处色彩与你为影，摆着各种造型，变换着不同角度，以为乐趣；尽情穿梭在如画的秋色里，掬一抹秋阳，用笔尖的墨韵，细数流年的悲喜，时光缱绻，旖旎往事，世界因了秋而艳丽；拾一枚红叶，独坐一隅，细数脉络，将一季情愫从心底慢慢地挖起，咀嚼；借一缕秋风，捎去我无尽的思念，那儿有我未完的心愿，和心底的寄托，思绪翩翩。

秋色里，无论是晴天还是雨天，无论是城市还是乡下，植物的彩叶都显得特别有韵味，不浓不淡，正好。蹲在落叶厚厚的草甸上，裹着秋意，透过树梢上零星的不愿离开母体的叶子，天空从来没有这样高、这样蓝。南去的大雁依然在季节的轮回里浅唱低吟，揉进秋的色彩里，长久荡漾，心灵的渡口豁然温润，洋溢在秋日的煦暖，何处不是诗情画意，归处本无选择。

人间草木，是最风雅的事，只不过你我都是匆匆过客。"因过竹院逢僧话，偷得浮生半日闲"，身上无事，心底有诗，今日方觉草木皆有情。此时，我便是世界上最富有的人，因为我的内心真正达到了与万物的共鸣，与自然的通透，恍然醍醐灌顶。江山风月，本无常主，今天我就是你的主人。

当一个人静下心来生活，便能寻回久违的那份纯真。夕阳下，黄昏里，掬一抹秋阳，依着你的额头，捻一抹浓浓的念，在瑟瑟秋风里飘荡，这个秋天，无问西东，只要安好！

秋啊，你艳丽了春，燃烧了夏，复活了冬，却牺牲了自己。然而，你失去芳华却还依然风情万种，怎能不让人流连忘返，回味无穷呢？

来年深秋，我依然带你走……

世外桃源

（2018年10月30日写于兰州新区）

记忆中的那片天空

在外面飘的时间长了，人也慢慢地麻木了，城市的楼越来越高了，把对天空的迷恋转移到了电视和手机里的天气预报。

今年暑假，我来到甘南草原，躺在广袤无垠的草地上，一个人静静地仰望天空，看蓝天上的白云，想草原上的牛羊。突然，一幅画面浮现在眼前，那云，那天，那造型，不就是我老在梦境中忆起的家乡的那片天空吗？那样熟悉，那样亲切，那样别致！

记得很小的时候，我在山坡上一边放羊，一边玩耍，累了的时候，就地躺下，看天空，看云朵，猜想着云后面的"天宫世界"，自言自语地说话。记忆中的天总是湛蓝湛蓝、一望无际；记忆中的云朵总是千变万化、捉摸不定。

小的时候，早晨出去到大山里放羊，羊是我的伙伴，天是我的陪伴。看天上的太阳，就知道该不该回家；看天上的云朵，就知道会不会下雨。记忆中的云是美丽的、自由的、无忧无虑的。天边偶尔飘浮着几缕微散的闲云，特别像《西游记》里描写的天庭仙女，那样美丽贤淑，自由自在。不敢说"静听花开花落"，却有"坐看云卷云舒"之惬意。

然而，云也有发怒的时候，瞬间伶牙利爪，貌似妖怪神魔，铺天盖地而来。霎时，乌云密布，雷电交加，大雨倾盆，这是我记忆中最害怕的时候。

记得有一次，我在山里睡着了，被雷电惊醒的时候，斗大的雨滴开始降下。不知道为什么，每每这个时候，羊是最安静的，赶也赶不动，都在玩命地吃草，唯恐遇到连阴雨而饿肚子。当时，散落在山沟里的羊群怎么也集中不了，等我将羊群赶到一起向家走的时候，山洪暴发了，我和可怜的羊群一起在洪水中艰难地前行，有只小羊被越来越大的山洪冲走了，为了救小羊，我也被山洪冲走了十几米远，终于在地势相对平缓一点儿的地方抓住了那只小羊。为此，我得到了父亲为数不多的表扬，每次说起这件事情，我都要好好讲讲自己当时的英勇，仿佛自己完全可以跟"草原英雄小姐妹"相提并论了。

出来工作已经很多年了，虽然也去过很多的地方看云、看海、看日出，但总觉得天没有家乡的蓝，云没有家乡的有韵味，日出也没有在家乡一起床就透过窗户看到的那样鲜活、真切，这是我流了一夜汗水登上泰山看到日出时告诉我"驴友"的第一句话，是我最真实的感受。因为记忆中的那片天空实在是承载了我太多的梦想，从大山深处出发，再没有回去。那儿的自由自在，那儿的任性作为，那儿的世界全是我的，连同我的童年，太深刻，太美好了。

现在偶有闲暇和爱人在阳台看星星，但那已经完全没有了儿时的灵性，也很难看到家乡天空的繁星、清晰的银河、记忆中的北斗七星、传说中的牛郎织女。也忆不起儿时和母亲一起看月亮里的嫦娥玉兔，听母亲讲嫦娥偷吃妙药的传奇故事。

在外漂泊了若干年，但游子的心却只向往那片天空。奔波忙碌早已成为主旋律，为生计，为事业，为家庭再撑一片天空，但那已不是我真正渴望的天空。

记忆中的天空，悠闲自在，点缀着像一团一团棉花的云朵，带着一个一个小小的梦想，就像思绪的情结藏着一个一个的小秘密，有对外面世界的渴望与憧憬，有父母的寄托和亲切的身影，有对大山的眷恋和儿时的童趣，有包容的心情理解会意的温暖，也有懂我和我说话的默契。那片会说话的天空和云朵是我的，而且只属于我一个人。

父母早已撒手人寰，昔日的伙伴已经老态龙钟，不知去向。我的那片天空，只能深埋在记忆里，每每想起，就像陈年老酒，让我醉得不轻。

世界有多大，我不知道，家乡的那片天空，却深深地烙在了我的记忆中，历久弥新。

（2014年深秋写于金城兰州）

被风吹散的思念

　　金庸武侠小说《倚天屠龙记》里的张无忌，放弃了"江湖"与"江山"。他把幸福给了赵敏，却把牵挂给了小昭；把漂泊给了蛛儿，把憾恨给了芷若。人世间，有太多的说不清楚，太多的情感交织，太多的无可奈何……

　　两情相悦是佳话，怕就怕"剃头挑子一头热"，不知道有没有"上辈子"和"来世"，有没有"爱"的前因后果，只是一厢情愿地爱着。

　　和心爱的人在一起的时候，把朝朝暮暮当作天长地久；把一时的冲动当作一生的承诺；把一句诺言，当作执子之手，与子偕老。

　　分手的时候，"思念"便成了彼此唯一的牵挂。人往往期望高了，失望就多了，最后转化成无尽的无奈与怨恨。在伤痕累累、身心疲惫之后，怕见、怕提、怕碰，谁也不愿意触及"伤疤"。"红豆生南国""北方有佳人"，这种无期的、长久的相思最折磨人，像影子不离不弃，无孔不入。当再遇到异性时，都会不约而同地与之前的他（她）进行比较。开始的时候，也偶有信誓旦旦，想一起再努力的冲动，书信短信还算频频。可是，岁月最能消磨人的意志，日子久了，也只有在节日的时候才能彼此想起。时间再长一些，思念就会被风慢慢地吹散，淡出了彼此的世界。

　　思念，是人情感的派生物。痴心地等候，长久的思念是不需要任何缘由的。

　　她省城毕业回到了县城，他却留在了省城工作，彼此之间明明白白，却在上演着可悲可叹的古老传说，演绎着悲伤的爱情故事。有时候觉得，人再怎么也逃脱不了历史的轨迹，冥冥中，每个人都在上演着历史上的某个人物的故事。如果能透视历史，你就会发现，你也是其中的一个影子，轨迹如出一辙。然而，主观上谁也不愿意重蹈覆辙，奋斗着、拼搏着、奔命着，而最终的结局却出奇地一致，等恍然大悟之时，才发现上当了。就像小品《不差钱》中小沈阳的那句经典幽默的台词：人这一生可短暂了，跟睡觉一样，眼睛一闭一睁一天就过去了。眼睛一闭不睁，这辈子就过去了。

相恋的书信整整齐齐地压在办公室书柜中最隐蔽的角落里，有点儿发黄。字迹虽然淡了，但是在优美秀气的字里行间，真情依然徜徉其中，真真切切，凄凄惨惨。我不敢保证能将"她"保留多久，但我明白，虽然生活中的位置已经没有她，但是内心深处的空间永远向她敞开。我曾经说过，等到一定的时间，有了一定的机会，我会将这份珍贵的收藏公之于世，让世人见证我们彼此纯真、伟大的感情。然而，20年过去了，书也出版了好几本，文章也写了不少。可就是不敢触及这点"隐私"，真怕拿出来，伤不起！

"被风吹散的思念"是触景生情。日子长了，联系少了，没有了书信，更没有了电话，甚至连同"号码"也一起被风吹散了。只有那些曾经的"书信"，还能勾起我们之间遥远的故事，远处模模糊糊的大青山，还能见证我们的曾经。

"你在那边还好吗？"

如果还有当初的感觉，她一定会打个"喷嚏"，然而，那成为一种奢望，夜色苍茫中，偌大的一个城市，孤独地，独留我一人，看红尘纷扰。

思念是甜美的，也是痛苦的，是酥心的醉，彻骨的痛。可是人人愿意飞蛾扑火，为爱而思，执着一生。思念是彻夜不眠，茶饭不思的精神食粮，像钻心的小虫勾引你，使你鬼使神差，六神无主。在彼此刚分别的时候，人们往往有过这般刻骨铭心的记忆，那是人的本性，是人"善"的流露。只有时间可以愈合心灵的创伤，岁月可以淡化思念的痕迹，风儿可以吹散无尽的思念。

"问世间，情是何物，直教生死相许？"这世界上最复杂的东西，就是人的情感，避免不了，强求不得。当夜深人静的时候，这种刻骨的思念仍然会像陈年老酒，醇香中让人醉得不轻。

歌曲《心雨》唱道："我的思念是不可触摸的网，我的思念不再是决堤的海，为什么总在那些飘雨的日子，深深地把你想起……因为明天我将成为别人的新娘，让我最后一次想你。"这也是一种思念，无助的、曾经的、依恋的、决然的，矛盾着的思念。人们多借"酒"释放思念，谁知"借酒浇愁愁更愁"；也有借"诗"寄托思念，谁知"衣带渐宽终不悔，为伊消得人憔悴"；也有借"歌"抒发思念，"好像一只蝴蝶飞进我的窗口，不知能做几日停留，我们已经分别得太久太久"。

思念是美好的，寄予人无限的情感，唤醒人丰富的精神世界，让人想有所想，思有可思。缠绵是一种美，是一种依恋，是一种牵挂。如果人世间少了思念，就少了真情，少了温暖，少了关怀，更少了可贵的"真、善、美"。

我在你生活的西边，寒冷的冬天，刺骨的西北风，我以为早已吹散了我对你的思念，以为思念早已被冻死，只得把你深深地埋藏，偷偷地藏到岁月烟尘触及不到的地方。然而，当春风细雨润泽万物的时候，你醒了，和大地一同被唤醒，诱发了春的萌动，被风儿悄悄地带到了我的生活。在一个踏青的日子，你又出现在我的世界里，还是如初的美丽、甜蜜、可爱，花一样的笑容，水一样的温柔。还能看到风雨中因等我而冻红了的小脸蛋；手捧着一杯热饮，站在教室门口叫我喝，说着暖身子的话；我能感觉到你淡淡的体温和清新的香味。虽然你是遥远的，视线是模糊的，但是我确实真真切切地感觉到了你的存在。原来，你没有走，一直就在我身边，陪我到老。

思念，如此离奇，又如此美好，缠绵如抽丝，怎一个"吹"字了得！

春花秋月何时了，相思知多少？一曲相思，寄明月，伊人何处？只要思念在，即使两鬓斑白又奈我如何？

思念，思念……

（2015年元月18日写于金城兰州。此文发表于《中华散文报》2016年11月1日。获第二届"中华情"全国诗歌散文联赛金奖）

给心放个假

生活在喧嚣的都市里，心永远是跟着城市的节奏，一刻也停不下来，在灯红酒绿的日子，充满了机遇也写满了挑战，在这一天天的匆忙中，我们被打磨得筋疲力尽，也迷失得不知所终，有时连睡觉都在做着紧张工作的梦，让心静下来休息一会儿，那简直就是一种奢求。

寒假的时候，我去海南过春节，离开了昔日工作的地方，离开了朝夕相处的亲人和朋友，在一个举目无亲的环境里，没有了电话的打扰，没有了往日繁忙工作带来的压力，也没有了应酬和琐事的烦恼，那段时间，才真正把心放了下来。

躺在五指山顶的石凳上，仰望星空，全然没有了时间的概念。俯视南海，"可上九天揽月，可下五洋捉鳖"的豪情油然而生，俯瞰一切，唯我独尊。此时，其人也淡，其气也清，其格也高，其骨也傲，胜过王侯。身边树上猿猴嬉戏，青林翠竹，云雾缠绕，鸟语花香，峰峦入云端，河流清澈见底，密林透花香，看大自然鬼斧神工地造物，方寸间，感到自己之渺小，仿佛宇宙间的一颗尘粒，真应舍世俗之浊淖，惜心之宁静，让人真正大彻大悟，逸享千年，岂不美哉！

泡在小区的温泉里，煮一壶香茗置于身边，让整个身子赤条条地沐浴着暖洋洋的热水，任温柔贴身的暖泉抚慰困乏久了的身躯，逍遥舒畅，恬静柔美。思故土白雪皑皑、千里冰封。任头顶滂沱大雨倾天而降，全然不顾，只是"仰观宇宙之大，俯察品类之盛"，让久困的身躯在温暖的泉水中彻底放松。闭目养神，任思绪在无羁的世界中驰骋，多少是非曲直都成了镜中月水中花。此时，唯一能感觉到的是每时每刻真实的心跳，人应该活在当下，融入此刻，让心与自己对话，这才是真正的"昔日蜀妃沐浴地，今日平民逍遥池"。

温泉嬉戏，阳光假日

（注：此乃海南省琼海市官塘一家属小区内温泉游泳池。"官塘温泉"也叫粉汤，流通东海，有龙泉之称。位于琼海市白石岭山脚下，是"世界少有，海南无双"的温泉热矿水，相传每逢大旱之年，水井干枯，万泉河水位退至河心，唯温泉水涌如初，翻腾滚滚，冷却后可灌溉农田，养育百姓。

"官塘温泉"水量充沛，大大小小的家属区内都有形式不一的温泉，室内、室外皆有，以室外居多。居住小区内，可以自由泡温泉，起床后，披个浴巾下楼即可沐浴温泉水，方便至极。）

坐在书房的阳台上，观窗外叶枯叶荣，静品天外云卷云舒，心如清澈之秋水。品一口清茶，嚼一口干馍，诵明月之诗，歌窈窕之章，偶然能有一根大葱相伴，那便能抵上山珍海味、鲍鱼龙虾。心愈静，理愈清，静静品尝文中幽香，寻找书中的"颜如玉"；偶尔慷慨激昂，为书疯狂，挥笔洒墨，激扬文字，为心灵放歌；偶尔彻骨感悟，咀嚼文字，放飞心情，解放思想。静观陋室，蓦然想起刘禹锡的陋室铭"山不在高，有仙则名。水不在深，有龙则灵。斯是陋室，惟吾德馨"，心中不免燃起一股豪情，为自己能在千里外的遥远他乡有这样一个栖息之地，悠然自得，甚是喜欢。

这，也许就是一个游子对"家"的理解吧！

游在蔚蓝的大海中，时而浪潮涌动，时而风平浪静，任浪花飞溅，卷起千层浪，托起你疲倦的身躯，畅游在大海里，海水温柔得像母亲的手，有节奏地拍打着你，抚摸着你，使你全身放松，神清气爽，心旷神怡，不由想起雨果的话："世界上最宽广的是海洋，比海洋更宽广的是天空，而比天空更宽广的是人的胸怀。"拥抱大海，自由畅游，方能体会到大海博大的胸怀、纳百川的精神。宽容是海的灵魂，亲近大海，海自然与你相容，感悟水能载舟，亦能覆舟的伟大，恍惚中顿悟：要做大做强，需要大海一样的胸怀，需要纳百川的精神，包容世界，理解存在，求同存异。

在海南，登高山，领略"一览众山小"的愉悦与豁达，心中燃起"千淘万漉虽辛苦，吹尽狂沙始到金"的决心和勇气；拥大海，感知"海纳百川，有容乃大"的豪迈与气魄，摒弃心中久存的郁结；入深山，感受"明月松间照，清泉石上流"的幽然与恬静，找回心中迷失的宁静。仿佛看淡了华服美饰，锦衣貂裘；顿彻了豪华苑囿，香车别墅；释怀了佳肴美食，山珍海味，原来，生活还别有一番风味！

人，真应该给心放个假，让心真正融入自然，感悟大自然之奇奥，领略大自然之情趣，以待厚积薄发，创造美好未来，书写辉煌历史，让人生变得更厚重、更充实！

温泉实景

（注：图为官塘一小区室外温泉，正前面的大池子为游泳池，水深大概2米，中间台子上面为热泡池，后面一圈为各种各样的特色小泡池。此时正午，正下着倾盆大雨，我们全都集中在高出来的热泡池内，头顶淋着一泻而下的雨水，整个身体却浸泡在温暖的池水中，那种感觉一生少有。）

（2012年2月写于海南琼海）

宽容是一种境界

"君子贤而能容罢，知而能容愚，博而能容浅，粹而能容杂。"

——《荀子·非相》

曾经，母亲教导我们：学会宽容，学会感恩。记忆中，母亲从没跟人吵过嘴，我们每次受委屈告诉母亲时，她总是那句话："吃亏是福。"

工作二十多年了，为生计而奔波，为工作而奋斗，急躁过、冲动过、嫉妒过、违心过。然而，时过境迁，发现急躁是一种隐患，冲动是一个魔鬼，嫉妒是一支毒箭，违心是一种欺骗。静下心来想想来时路，才觉得母亲的话至真，宽容是一种境界！

每当忙完一天的琐事，偶有心情坐在书房电脑桌旁，折一段时光，于笔尖墨韵中，驰骋思绪，挥洒情感时，母亲的话总是一遍一遍地浮现脑际，一天的操心劳累、一天的奋斗拼搏、一天的争来争去，唯有这个疲惫了的身子跟着自己，摸摸胳膊，捏捏大腿，才发现真实的自己。

世界千姿百态，有时候在生活中做着自己不喜欢做的事情，说着自己违心的话，和自己讨厌的人共事。唯有课堂和此时，思维才回归到原位，将一段文字清香成念，将一弯心语缠绵成诗，写不完相思柔情，谱不完缱绻心曲，描摹一场繁华尽谢，温婉了似锦年华。这个时候才是找到了真实的自我，仿佛觉得来了精气神。往往此时，当年那种野性与狂妄才会抽丝般地被唤醒，不能在生活中张扬，可以在文章中释放，扎根沃土，守住内心深处那一抹底线。

有时候想想，不去写点儿什么，真怕岁月磨蚀了真实的自我。

虽然我已经为人父，年近半百，但是依然拼搏奋斗着。当我身心俱疲蓦然回首，发现自己已经不再是当年的阿勇，那种被生活折磨、挣扎的情结不是别人，而是自己的心结，是自己没有悟透母亲的箴言，没有一种宽容社会、宽容他人、宽容自己的修养，没有活出自己的本真和率性，没有达到一种真正豁达宽容的人生境界。

母亲于1925年腊八出生在一个书香门第，外公是当时的秀才，家里设立私塾学堂。母亲虽然不识字、没有文化，但是从小耳濡目染，深受中国儒学优秀传统文化教育熏陶，过去讲究门当户对，大爷也是秀才，设立私塾学堂，家风醇厚，繁文礼教森严。母亲从小聪慧贤良，婚后相夫教子，抚养我们兄弟姊妹长大成人。母亲在生活中所感悟到的人世文化，足以让我这个受过高等教育的知识分子学习终身。尤其在子女教育的问题上，我自愧不如，想起自己教育子女的情景，我就少有母亲的宽容，往往会放大孩子的缺点，急功近利，夺走了孩子的自信，对别人的孩子温文尔雅、与人为善、大气谦和，对自己和家人却更为严格，甚至苛刻。

母亲离开我们已经十年了，每当想起她时，那种敬重之情仍然涌现。谦和是一种修养，宽容是一种境界，包容世界，包容万物，学会看惯不同性格的人，理解不同的处世风格，包容不同见地的观点，海纳百川，有容乃大。

这些年，每当被学生的调皮和顽劣气得暴跳如雷时，母亲宽容的话语一次又一次地让我能够在暴跳的时候坐下来，让我在发怒的时候静下来，让很多的事情在心平气和的状态中迎刃而解，甚至化险为夷。至今想想，母亲的宽容影响了我的一生，随着年龄的增长和带学生的时间长了，慢慢地感悟到了对学生的宽容留给我无尽的惊喜，对同事的宽容带给我生活的愉快，对亲人的宽容带给我温暖和幸福，对社会的宽容和理解提升了我生活的幸福指数。

虽然现在感同身受，但是我想我还是没有达到母亲的那种无为的境界。真正的智者是大智若愚，真正的才华是深藏不露，我看待问题经常浮于表面，急功近利，好大喜功，没有真正沉得下心去，深入基层，急学生之所急，解家长之所需，静心搞教育，安心做学问，还没有修炼到母亲的那种境界，吃亏是福，量大无祸。

红尘浅醉，岁月静好；流年如水，岁月无言。折一笺潮湿的文字，温柔了多少孤单，不求风月在手，不慕花香满衣，守一份简约与惬意，让宽容温馨你我的心灵，把爱悉数珍藏。在母亲离开我们十周年的今天，缅怀她的品德和气节，激励我们永远不忘初心，一路走稳走实，胸怀坦荡，光明磊落，方能志存高远，信步未来。

"宠辱不惊，闲看庭前花开花落"，这是智者的从容。

"去留无意，漫随天外云卷云舒"，这是大师的平静。

这才是母亲的境界，宽容的美德。"良言一句三冬暖，恶语伤人六月寒"，多学会欣赏别人，从欣赏你的下属、同事开始，学会欣赏你的爱人、孩子，更应该学会欣赏自己，看到别人的优点宽容了别人，看到自己的优点自信了自己，美幻了人生。

宽容是诗和远方，宁静方能致远。生活如山，宽容为径，循径登山，方知山之高大；生活如歌，宽容是曲，和曲而歌，方知歌之动听。

当一棵树不攀比不炫耀枝繁叶茂，专注扎根于泥土向阳向上时，它就有了自己的深度和高度。当一朵花不艳羡不自欺一时的灿烂，执着于静静生长默然幽香时，它就拥有了自我的定力和坚守，这就是一种境界，一种宽容生活状态的境界。

"风好正是扬帆时，不待扬鞭自奋蹄。"生活的最高境界是宽容，相处的最高境界是尊重，生活中多一些宽容，少一些隔阂；多一些理解，少一些埋怨；多一些补台，少一些拆台。学会宽容，解放自己，便会一路芬芳。

（2014年10月20日写于金城兰州西固城，此文2019年刊登于《尚善》杂志第六期）

人，不能缺少精神

"美是最真的光辉，当美的灵魂与美的外表和谐地融为一体，人们就会看到，这是世上最完善的美！"

——柏拉图

柏拉图的这种"美"道出了世界上唯独能够感觉到美的人类的主观感受，说明人是有思维的，是万物之灵。1956年11月15日，毛泽东在中国共产党第八届中央委员会第二次全体会议上说："人是要有一点儿精神的。"

什么是精神？"精"乃万物之精华，"神"乃万物之根本！

恩格斯在《自然辩证法》中写道："地球上最美的花朵——思维着的精神。"精神是大自然赋予人类最美丽的花朵，人奔跑不及豹，魁梧难敌熊，然人却成为"宇宙之精华、万物之灵长"，其中的奥秘在于人有在生物界中独领风骚的思维。史学家韦尔斯在《世界史纲》中说："整个人类的历史基本上就是一部思想（思维）的历史。"因此，人，不能没有精神。

社会进入了信息时代，各种场合都会发现人们在乐此不疲地独自玩着手机，那种忘我的投入，好像20世纪五六十年代拿到一本小说一样如获至宝般的痴迷。不管大人小孩，无论聚会闲暇，闲聊的少了，看电视的少了，读书的更少了，都陷入了网络的小世界里，每天不看就觉得少了点儿什么，玩手机成了人们的精神寄托。

最近，"微信"里不断转载着这样一些吸引眼球的话题，诸如人应该怎样活着；珍惜当下；守候一片宁静，修一颗这样的心；宽容是一轮明月；做人，当如水；静思是一种品质；做人的最高境界；等等。

每次读完，大家都有一种释怀的感觉，急于去分享给好友，唯恐大家不能看到。思考这种奇怪的现象，觉得还是由于生活在竞争激烈、压力剧增的时代，人们的工作节奏太强，生活压力太大，生活得也许都不尽如人意、不很幸福的缘故吧。因此，看到一点儿心有灵犀的精神寄托，就有点儿按捺不住的感觉，甚至疯狂转发。

人是情感性动物，不能没有精神。精神是一种力量，是一种信仰，一个高尚的人，即便身处污泥，也能洁身自好。拥有崇高精神的人，他不会害怕风雨的袭击，不会让别人掌握自己的命运，他活着就是让别人活得更好，活得更有意义。

然而时下，竞争激烈，年轻人的压力很大，每当看到奔走在街上匆匆忙忙的身影，我都会想：他们也许已经习惯了追着时间跑的感觉。

人要"想通"，想通了什么都不怕，什么苦都不苦，什么累都不累。然而，想通是需要智慧的，是需要知识做基础的。这种想通是一种高境界的想通，绝对不是所谓的玩世不恭、简单庸俗的想通。

人，要强健其体魄，更要丰富其精神世界。革命时期的长征精神、延安精神，建设时期的铁人精神、"两弹一星"精神，等等，曾支撑着一代又一代国人走过了一个又一个艰难险阻，铸就成永不磨灭的中华民族精神，博大精深，坚不可摧。

时下需要人们继承中华优秀传统文化，品读经典，饱尝国学，读原著、学原文、悟原理，观思作写，酿就思想。

精神赋予人类尊严的灵魂，相信精神有多远，人就能走多远。人无精神不立，国无精神不强，一个民族不能缺少精神，否则就会失去民族的脊梁；一个家族不能缺少精神，否则就会失去家风的根基；一个人不能缺少精神，否则就会失去生命存在的价值和意义。

"自信人生二百年，会当水击三千里。"人，活在当下，活得精彩，活得潇洒，不能缺少了精神！

（2015年元月写于金城兰州，此文2019年刊登于《尚善》杂志第五期）

渴望相识

茫茫人海，过客匆匆。

二十几个春秋里，我已数不清遇见过多少人，对这些人，有过羡慕，有过爱恋，有过追求，也有过厌恶，然而更多的则是陌生。匆匆过客中，如果能有第二次相遇，特别是在不平常的地方，那便是一种缘。

有缘千里来相会，无缘对面不相逢。

我遇见你是在学校的阅览室里。那年冬天，下着大雪，阅览室里人很少，显得很静，我正在聚精会神地读《莎士比亚诗集》，忽然眼前一晃，一位姑娘已经稳稳地坐在我的对面，如此轻盈的身姿，使我不由得抬起头来。当时你穿着深蓝色的风衣，毛茸茸的领子托着一张秀气的脸，浓密的卷发下，点缀着自信与傲慢的双目，小巧的鼻孔和微微启动的小唇，显得完美和谐。你很不经意地瞥了我一眼，便埋头写一本厚厚的笔记，显得漫不经心，仿佛对面的我根本就不存在一样，正因为这种傲慢，使我又仔细打量了你一番，你的气质很好，大方而庄重，那一副由许多"小"组成的面孔，是那样的成熟和诱人。

此后的日子里，我总是会有意无意地在阅览室或校园里碰见你，但那只是匆匆而过，从你那冷峻的眸子里和傲视一切的眼神中，我相信我只是你眼前掠过的一缕风。但是每当夜深人静时，你那张和谐、秀气的"小脸"便会悄悄浮现在眼前，当时我已经有女朋友，是从小订的婚，我不知道一个人的审美意识竟是那样的难以捉摸，爱我的人和我爱的人，我不知道该选择谁。

半年后的一天，我看完"残响摇滚"返回时，在招手停上发现了你，当时，我就坐在你的身旁，我多么想和你聊点儿什么。

"你也去看摇滚了吗？"我装着满不在乎的样子，"演出怎么样？"

你没有转过头，只是淡淡地回答：

"你看呢？"

"还不错吧！"

我好像面对一位行家在评议，心里慌得厉害。

你没有回答。

沉默……

车到学校门口时，我们要求司机送我们进去，这显然是在刁难司机，你见此却勇敢地要求停车，我们不得不下了车，你匆匆消失在夜色之中。

"你看呢？"一句多么平淡的谈话，然而这却成为你留给我的第一句话，也是最后一句话。你走了，也许连这三个字都不记得了，而我却把它写进日记，作为我们"交往"的全部内容，深藏在心的底层里。

天气已经很冷了，在一个星期六的下午，刮着凛冽的西北风，垒球场上，我正在挥汗如雨地奔跑在三垒和四垒之间，蓦然回首，我发现了你，我渴望走过去和你搭话相识，可你那冰冷的神情使我退缩，我感到往日的勇气失灵了。在摇旗呐喊声中，我被出局。

从此，我便封闭了自己的心灵。

又是半年之后，春暖花开，躲藏一冬的姑娘们渐渐出现了，她们穿着色彩鲜艳的长的、短的、花的、红的，样式不一的裤裙，三三两两穿行在马路上，迈步在树林间，仿佛在与花比美，在与春争辉。一次偶然的机会，一位穿着白裙子的姑娘骑车与我擦身而过。

啊！那不正是你吗？

噢，原来，天地如此狭小。

我们之间没有认识，更谈不到了解，也就无所谓爱与不爱，我只知道：冥冥中，你代表着我心的一部分，你能使我高兴，也会使我忧伤，这是一种残酷的折磨，我无法继续忍受，更无法做到压抑自己的情感，我决心要"释放"，至少，我渴望认识！

也许，一切都是那样的不经意。

成，也罢；败，也罢。都是一种自救，一种人之常情，你也不必怨我自作多情；也不要恨我搅乱你的生活。

　　缘，我不敢断定，也许——

　　你渴望的是雨，

　　我却渴望相识！

金城兰州·黄河之滨

　　（1994年写于西北师范大学，此文发表于1995年8月30日《甘肃人口报》第34期总第352期）

上善若水　从善如流

出自老子《道德经》中的"上善若水"，道出了人的最高境界就像水的品性一样，润泽万物而不争名利，从善如流，善待人生。这是一种心态，更是一种做人的境界。

兰州第六十一中学的校园是美丽的，兰州第六十一中学的文化是普善的。天下之道，物尽其用本顺其自然。上善若水，阴阳平衡方善始善终。

作为校园的主人，我们有责任营造温馨和谐的校园环境，我们应该善待校园的一草一木，善待学校的一生一师。爱护公共财物，保护校园的公共设施，不乱丢弃废弃之物，把校园的花草树木都当作有灵感的生命体，善始善终，善作善成，方为君子之德。

海棠花是我们的校花。富有灵性的海棠树，缀满枝头的海棠花，美丽可爱，婀娜多姿，芬芳动人。难怪每年春天，校园里的男士们总是愿意驻留在她的石榴裙下谈天说地，久久不愿离开。总有爱美的姑娘们垂青树旁，贪婪地吸吐海棠花淡淡的清香，谈论着自己无尽的遐想，调皮的小伙子不时地凑过来，拍上几张自拍，"海棠姑娘"便成了诱人的背景。春夏秋冬，海棠树下总是人流不息。即便花香如此诱惑，也从来没有人摘下一朵占为己有，大家都不约而同地爱护她、保护她、守卫她，这是一种大爱，更是一种普善。

秋天里，海棠果青涩中带点暗红，满满地挂在枝头，沉甸甸的。我们都愿意看着她"十月怀胎，一朝分娩"，看着她慢慢地长大，慢慢地成熟、变老，自由地落下，用自己的身躯装扮身下的大地，将自己最后一点儿瘦小的躯体融入泥土，奉献给大地。我们有人会去心疼地抚摸她，但是从没有人去摘下她，甚至连碰疼她的想法都没有。我们都把她当作自己的孩子一样对待，因为她是我们的校花，她有生命，她有灵性，她赋予了我们太多的想象，见证我们成长，伴随我们老去，成为我们心中的"女神"，精神的寄托。善待她、守护她，就真正践行了学校"大气谦和、与人为善"的"善"文化。

校园里美丽动人的泡桐树，大气谦和，静静守护在我们的教室旁，用自己庞大的身躯为我们遮风挡雨，不管刮风下雨，从来没有见到过泡桐树发怒的时候，就像我们的教师一样，总是将友善和大爱给了同学们，将委屈和苦痛慢慢沉淀下来，扎根泥土，如万物之灵性，乾坤之浩气，汇入大地，孕育万物。

作为校树的泡桐，冬去春来，花开花谢，叶子长出又落，落了又长，年复一年，周而复始。见证着学校一届又一届的莘莘学子，从幼稚走向成熟，从轻狂走向稳重。校园里的泡桐树越长越大，像守护神一样巍然屹立在教学楼旁，保护着每天出出进进的学子；像慈祥的祖母，笑迎着朝六晚七的辛苦孩子。下雨天，同学们钻进泡桐树下避雨；大热天，同学们躲在泡桐树下乘凉。虽然泡桐树的树枝已经长得快要垂落在地面，经常触摸教师和同学们的额头，但是我们从来没有听到过任何一种埋怨的声音，大家都是摸摸头高兴地离去。就连我们的老校长也是爱惜得不忍心对他"动手"，想了很多办法搀扶垂枝升起，她和我们一起践行着中华民族优秀传统文化"善"的品质，她是我们学校的血脉，是兰州第六十一中学文化的砥柱，她慈眉善目，内涵丰富，博大精深。

作为一位教师，善良、友善、善解人意、上善若水，这是为师者的一种本质，也是为师者的大爱情怀。随着从教时间的拉长，我们对教育的理解更加深刻，教育是一生的事业。因人而异，因材施教，善待生命，尊重规律，快乐成长，就是教育。用爱心对待学生，用宽容教育学生，用善良培育善良，就是人性。教师的大爱大善背后就是上好课、教好书、育好人，千教万教教人成真，千学万学学做真人；就是把学生当作一个个鲜活的生命，用大善去浇灌她成长；就是能把学生当作自己的孩子，用普爱孕育成长；就是把学生当作一棵小树苗，浇水施肥让她自然发育，教育需要"上善若水，从善如流"。

"上善若水，从善如流"是需要方法的，我们要将"善"的文化有效传承，就必须关注细节，从点滴做起，小事做起，积少成多，善作善成，终成善事。大事难事看担当，小事琐事看修养。细节，决定品质；坚持，产生奇迹。"善"是需要关注细节、勇于担当、坚持不懈的钉子精神的。

"善始善终"向来是人们所推崇的君子之德，是为人、做事要贯彻始终的认真态度；是事业、人生是否圆满成功的评价标准；是为人、做事的初始和终极状态；是善作善成所遵循的"起心动念"和终极目标。岁月无痕，人生苦短，与其广种薄收式的平庸生活，不如以"善始善终，善作善成"成就伟大。

老子说："居善地，心善渊，与善仁，言善信，政善治，事善能，动善时。夫唯不争，故无尤。人无常在，心无常宽，上善若水，在乎人道之心境，即，心如止水。"我们教育工作者应该胸怀大爱大善，遵从教育规律，心中永远守住一个教育的定则。

我做了那么多改变，只是为了心中的不变，这就是"善"的真谛，信仰的力量！

（2016年5月写于兰州市第六十一中学，学校"善"文化征文，2018年刊登于《尚善》杂志第一期）

诗和远方的年龄

人到五十，已经到了知天命的年纪了。"黯淡了刀光剑影"，远去了"鼓角铮鸣"。

这个时候，该奋斗的已经奋斗过了，时光定位，人生积淀成形。懵懂少年成了宠辱不惊的"奔五"男人。这个年龄的人生，"拼"已经过时，"悟"成为主流，也时不时地想写点儿"我的前半生"。

这个时候，经验有了，历练有了，提炼成为关键。提炼好了，就是业绩，也是成果，或许可以为人生锦上添花。因此，这个时候喜欢上了云淡风轻的宁静，喜欢品茶赋诗的自我陶醉，更是喜欢上了浪迹天涯的随性。

俗话说得好"人过中年万事休"，该看开的已经看开了，该放下的已经放下了，生活随性简单。不知从什么时候开始，妻子的唠叨成了悦耳的旋律，儿子的电话成了亲情的缠绵，家里的锅碗瓢盆成了生活的三部曲。这个时候的人，更看重了"家"。平时过节总想着和家人在一起，陪陪父母孩子和爱人，渴望一家子的卿卿我我，唠里唠叨。

习惯一个人，缓缓漫步在碧草青青、绿水环绕的林间，喜欢一个人，徜徉在繁花似锦、柳暗花明的河岸，迎着晨曦，踏着朝露，或披一身霞光，听笛声悠扬。这时的心，更清了；人，更静了。安静是生命最华美的乐章，任缕缕清风绕肩，拂起鬓边额头的华发，看那一帘帘幽梦般的绿意，在风中缠绵、低语、呢喃，感慨生命的伟大。

游游走走，或迎风，或沐雨，抑或荆棘密布，我的心还是当初的样子。有时候感觉自己还没有老，心，一如平静的水面，像远山、湖泊、平静的云朵。其实，默然行走是一种生活的方式，是洗尽铅华后的一种通透；摸爬滚打也是一种生活方式，是历练成长后的一种豁达，是繁华尽后的一种从容。

五十岁，是知天命的年龄。知天命就是懂命，听命，但不从命。这个时候懂得了自己的路要靠自己走，自己的身体要靠自己疼，自己的历史要靠自己来书写，儿女如何孝顺都解决不了自己的问题。心态是自己的，心情是自己的，身体更是自己的，撑着吧！这就是知天命的年纪：静心观人生风雨，冷眼看世间沉浮。

未尽的人生，还有后半截没有登场，人生是逗号、句号、问号，还是感叹号，这需要我们自己闪亮登场，演完最后一出戏。

这个年龄早已学会了懂得。懂得了顺其自然，懂得了尊重人性。静观其变，是一种胆识；顺其自然，是一种境界。若懂，请惜；不懂，勿语。我本平凡不求精彩，只求自在。真实，教学的生命；诚实，教育的底线，圆一个自己的教育梦想。

这个年龄早已学会了放手。放手是舍而复得的一种境界，这个年纪已经不允许你不成熟，该来的终归要来，留不住的必然要走，儿女大了就要离开，这时，胜之坦然；败之淡然。时时播种善良，普洒爱心，不经意间，就会开出最美的人性之花，普照万物。

这个年龄早已学会了承受。亲人的相继离世，工作生活的不如意，得到失去的交替更迭，已经习惯了默默地承受和无声无息地悄悄忘记。人生就像一盘棋，举棋容易抉择难，观棋容易不语难，静坐常思自己过，闲谈莫论他人非。该承受的必然要承受，也许劳其筋骨后，人生处处是风景，生活处处留诗意。

这个年龄早已学会了独白。习惯了与灵魂深处的自己对话，静静领略光阴的静美，在孤独中走向成熟，找到灵魂的归宿。有时沉浸在一个人的世界里，品尝着另外一种无人体会的欢喜；有时融会在万物的生命里，体味着时光滑过的地方，悄无声息地雕刻下岁月里的缕缕暗香。有时专注于灵魂深处的静谧，细品着流年的清欢，静享着这份简简单单的幸福。只需伫立，便成风景。

五十岁，保住自己的健康最重要，不给子女添麻烦，不给单位造困难，不给社会增负担，不给自己带痛苦。等老了，和爱人一起，找一个小镇，安静地住下，早上在巷口搀扶着看太阳，中午在小屋携手稀饭咸菜解温饱，傍晚在屋顶拄着拐棍敲夕阳，晚上依偎在小院木凳摇椅上数星星。

如果说精明是起伏的丘陵，那厚道就是绵延的山脉；如果说计较是涓涓的溪流，那坦诚就是澎湃的大海；如果说强势是不毛的沙漠，那和善就是肥沃的草原。做人，精明不如厚道，计较不如坦诚，强势不如和善，做智者，更愿意做仁者！

人常说：小胜靠智，大胜靠德；君子坦荡荡，小人长戚戚。五十岁的年龄，说老不老，说年轻不年轻，大智若愚，大巧若拙。

这个年龄懂得了：在乎你的人，你咳嗽一声他以为你感冒了；不在乎你的人，你死了他以为你睡着了。也明白了：无论你有天大的才华和郁愤，百年之后，都会成为后人的笑谈。

什么季节观什么景，什么时令赏什么花。五十岁的年龄，最怕的是失去方寸，一会儿想着年轻，一会儿想着老去，唯独不肯在自己的年龄里落脚。

老是如诗的年岁。沉重的人生使命已经卸除，生活的甘苦也已了然，万丈红尘已经远去，平静下来的是诗和远方。此时的人，看街市繁华，看后辈忙碌，看庭花凋零，看春来冬去。年年岁岁花相似，岁岁年年人不同，都会幻化成诗意和远方。

（2017年12月26日写于金城兰州景耀勇名师工作室）

凡念在心中，下笔总含情

每个深秋，我都带你走。看来，今年失约了。

忙碌，总会让我们错过很多东西。一场花事，一个相约，一段相逢，一份情缘，一个偶然，一次邂逅。变是绝对的，不变是相对的，计划不如变化，也许这世界唯一不变的就是变，来是偶然，去是必然，尽其当然，顺其自然吧！

多姿多彩是好心情，有滋有味是真人生。然，凡念在，牵挂就在，无限怅惘在心中。见与不见，念与不念，总会随着岁月改变了模样。学会与这个世界温柔相待，掬一捧思念，勾一处相思，放于红尘，凝于指尖。于红尘深处，寄牵挂；于指尖笔锋，书相思。轻蘸笔墨，临摹一场似水流年的相遇，遥想当年！

听说喜欢文字的女人，天生善良，很容易靠近，但你却很难走进她的心里……喜欢文字的男人，自然清高，很不容易靠近，但如果你不小心走进去了，就很难再走出他的心里……此曲只应天上有，人间能得几回闻？

据说草原上的女人，离月亮最近，寂寥的日子，情话都躺在露天里。大山里的女人，离天空最近，白云成全了牛郎织女的故事。城市里的女人，离黑夜最近，夜深人静的时候把心抛给夜空，把心思诉给黎明，傻傻的星星躲在云里偷听，一不小心掉落下来，砸在了女人柔软的心坎上，溅出晶莹剔透的泪花。

时光冉冉，岁月悠然，"咆哮"了一天的天文地理，激情了一天思想情感，寻一处风景，找一块静处，在季节的拐角处婆娑，守一颗真挚柔软的心，温婉呵护好自己，让心灵回归自然，在融入中汲取继续奋进的能量。也许，根扎得越深，厚积薄发的力量就越大。

好的教育，必然是宽严相济、奖惩分明；好的教师，必然是管教同步、严慈同体。什么时候能有"会当凌绝顶，一览众山小"的那种豪迈，能有"东门酤酒饮我曹，心轻万事如鸿毛"的那种坦荡，能有"春风得意马蹄疾，一日看尽长安花"的那种欢畅。到那时，也许就应了那句"看山是山，看水是水"的第三重境界了。

去不了远处，课余寻一处花海，置身于花的海洋里，徜徉些许情绪，也好。三尺讲台是一种境界，徜徉花海是一种心情，坐对岁月山河，独守明月清风，听听风的声音，生活立刻回归简单。守一份宁静，听听心的召唤，为自己把把脉、稳稳方向，守住初心，不忘使命，砥砺前行。

深秋，天高云淡，神清气爽，采撷一朵闲云，揽一份淡泊，坐一怀恬静，在风清气爽中浮世流年，我自清欢，也不枉一种生活。蓝天丽日，闲赏流云，鸟语花香，养心静怡，剪一段流年光阴，温一壶陈年老酒，回味人生的醇美甘甜，真是个养心的好日子。

简单的日子，清新的生活，寡欲的状态，心淡如水，风过无痕，洗去尘埃，依着阳光，徜徉在深秋满是鲜花的路上，自得其乐。

（2019年10月3日写于金城兰州）

第一辑　心随笔落处

31

潜夫山人

想回家看看家乡县城的想法由来已久，苦于条件一直不具备，想法也就搁浅了。

今年暑假，应朋友之邀，家人垂青，携妻子一同驱车回到阔别23年的家乡县城——镇原，有种"衣锦还乡"的感觉。

为什么这么说呢？是因为20余年前偶过县城，都是为求学，为生计，饥肠辘辘，急急匆匆，无暇顾及县城的山山水水、一草一木。那时没有条件住县城的旅社，也不知道县城的名胜古迹和历史渊源，每次到县城都是靠亲朋好友接济住宿吃饭，那时的县城就是我的大世界，遥远神秘而渴望。和过去相比，现在重返县城确实有种"衣锦还乡"的感觉。

这次回县城，没有做好充分的思想准备，没有敢惊扰县城的同学和亲戚朋友，轻轻地来，悄悄地走，不想惊扰旧人，不想触及思情，更不想荡起久违的涟漪，只想拾一抹岁月静好。

下午来到县城，驾车游走了曾经记忆过的街道巷陌。车停在和同学曾一起住过的县委大院对面，透过车窗目视着已经有些陌生的旧址，眼前不止一遍地浮现着当年第一次走出大山，来到县城参加小中专考试时借住同学父亲宿舍的情景，那平房、台阶、走廊、水房和同学、老人历历在目，内心的感受和《平凡的世界》里孙少平走进田晓霞生活时的情景如出一辙。我感谢同学，感谢同学那平易近人的老父亲，给我无微不至的照顾和关心。

车绕了几个街道，停在东街小学门口，这是改变我命运的考场。当时城乡差别很大，对农村孩子来说，考上中专学校就意味着真正意义上的"跳龙门"，有了"铁饭碗"，用当时流行的话来说就是成为"公家人"了。现在还能忆起当时考场的一些情形，记得考试的那几天是我最兴奋、最激动的几天，考试成绩当然很是理想。然而，父亲却在那几天里突然一病不起，昏厥两天，硬是被哥哥姐姐嫂子侄儿们从鬼门关哭了回来，直至11年后病逝。到现在为止，我也不知道为什么这么突然而巧合。

傍晚时分，我们驱车上了县城的北山，据说是县城绿化比较好的公园，苍柏参天，寺观巍峨，有兰州的朋友被邀聚在北山公园上乘凉，饮酒观月，品茗吟诗，叙旧吐情，闻而好为观之。亦想一览县城全貌，我们将车停在山上的潜夫园宾馆，穿过绿荫小道，拾级而上，来到山顶最高处的潜夫亭，方才知道了我心中珍藏多年的一个谜团——潜夫山人。

原来，镇原县以潜夫山而成名，镇原人也以"潜夫山人"自称。难怪住在平凉的大哥生前遗作中，曾以"潜夫山人"落款自称。

潜夫山，是麦子塬（现在临泾塬）西南延伸部分，茹河水将这个延伸部分迎头斩断后，便永远伫立在茹河北岸，俯视茹水，怀抱县城，经数千年风雨侵蚀，屹然巍峨耸立，鸟瞰全城，见证着县城的沧桑巨变，默默守护着这一方水土。

潜夫山，因王符而成名。史载，东汉思想家、政论家王符在此山读书著说，终成鸿篇巨制《潜夫论》，影响深远。潜夫山因人而闻，因人而名，历史文化积淀深厚。秦关汉月掩映下的潜夫山，已经成为县城50余万人休闲娱乐、乘凉避暑、健身强体的好去处。

王符之于甘肃镇原，犹如司马迁之于陕西韩城，"山不在高，有仙则名。水不在深，有龙则灵"。朴实无华的潜夫山，绝无华岳之奇险，更无泰岳之秀俊，但是，潜夫山因王符和他的《潜夫论》而闻名于世。镇原人自豪地称自己为"潜夫山人"。

今天，潜夫山已成为镇原县一道亮丽的风景，成为镇原人民仰敬先贤、崇尚文化之所在。现仅存的九十三棵苍柏，缅怀先贤遗风，承载历史重托，昭示厚重文化，沧桑移换，仍然傲立山顶，用精神召唤一代又一代"潜夫山人"，前仆后继，继往开来。迎送着走出去、归来兮的"潜夫山人"，像母亲盼儿归来的期待，像妻子思念丈夫归来的思愁，如云烟，如愁丝，飘然于茹河之上，随风寄情，飘向神州大地，大江南北，如风筝的托盘牢牢地系着世界各地的"潜夫山人"，志存高远，胸怀天下，心底向善，知书达理。

如今的潜夫山变成了花和树的世界，变成了休闲与读书的佳境。建成的供游人休闲观赏的怡园、沁园、悠园和读书园，重修的潜夫祠、读书台、王符纪念馆、天宁寺、白衣庵，绿树掩映，花木成荫。朝朝暮夕，打剑、练太极的白衣老人和着青衣女子朗朗的读书声，交织林间，和谐而不失秩序，典雅而不失俗套，各行其是，怡然自得。我真怕我们这些浪子闲聊惊扰了那些投入的学练者，自惭形秽，只能悄悄立于远处的杏树后面，窥视这与山林浑然一体的生灵们灵动着山林，自得其乐。

一方水土养一方人，我已经多少年没有在家乡的这种感觉，没有黄土地赋予的厚重、踏实与真诚，少了一些曾经的淳朴、善良与倔强，多了一些都市人的圆滑、斯文与变通。也许是自己成熟了，也许社会在变。但是，家乡的感觉永远没有变，还是那样亲切、善良和淳朴，好像这里的山山水水亘古不变一样，烙在了记忆的深处。

天渐渐暗了下来，山下县城灯火辉煌，犹如现代化的大都市一样，高楼大厦围着茹河两岸，鳞次栉比，错落有致。遥望河对面的南山，丘壑叠叠，梯田层层，山林莽莽。塬上，像几何图形里的直线一样，将天地直直地一分为二，泾渭分明，中国黄土高原上"五指原"界限分明的塬、山、川风蚀地貌跃入眼帘；山腰，人间灯火，炊烟袅袅，如纱似雾，好一幅温馨祥和，安宁和平的人间仙境。我的思绪陶醉其间，流连忘返，无奈天色已晚，我们只能依依不舍地驱车下山。

潜夫山、镇原、王符已经成为亘古不变、浑然一体的精神象征。虽然，潜夫山容颜早已模糊。但是，我相信她比过去更加美丽动人，内涵丰富；虽然，潜夫山王符不再济世救穷。但是，《潜夫论》思想仍在闪烁，精神光耀万代；虽然，潜夫山失去了昔日修炼的宁静。但是，前来仰先贤遗德，激创业豪情的仁人志士络绎不绝。

潜夫山人，根植于黄土地最深处，吸天地之精华，孕日月之光辉，以其顽强的生命力潜夫不流俗世。正学为基，富民为本，用那份亘古的执着和坚韧，善良和倔强，擎起潜夫山人不灭的精神，像燎原之火种，欣欣向荣。

（2015年8月10日写于金城兰州景耀勇名师工作室）

闲来无恙来悟禅

难得休闲几日，做时间的主人。睡到自然醒，想自己的心事，做自己的事情。守在书房，煮一壶老酒，品一杯茗茶，读自己的书，奋笔抒意，大道至简，乐哉！

江山明月，本无常主，得闲便是主人，活得自在，过得自我，活出本真。无忧无虑，让大脑得以修复，让心灵得以安然，让灵魂自由游走，悠哉美哉！

生命里最持久的，恐怕不是繁华而是平淡；不是热闹而是清欢；不是轰轰烈烈，而是静静守候；不是光耀四座的荣华，而是激情过后的安静。静生智，仁者为贵，悟悟禅道吧！

想想一路走来，"若说没奇缘，今生偏又遇着他；若说有奇缘，如何心事终虚化？"世界上有很多事情是没有答案的，想得多了便成烦恼。但是有些事情是必须想清楚的，来不得半点儿马虎。生活中往往冲动来自激情，平静来自修炼，别让外界浮躁了自己，做时间的主人，闲来无恙悟悟禅吧！

在快节奏的生活中，能够让自己停下来，想想自己每天都在做什么？确是一件难得的事情。

闲来无恙时，整理自己的思想，明确奋斗的方向，寻找前行的引擎，积蓄勃发的力量，回归做人的本真，寻一处风景迷人处独处、独思，我从哪儿来？要到哪儿去？壮哉！

远离喧嚣的应酬，寻一处风景独处，发现一切豁然开朗。只有这个时候才能够好好回归自己的角色，努力为人父、为人夫，尽一些家庭的责任，寻找天伦之乐的美事，幸哉！

冬去春来，万物进入沉寂待发之时，蓄势勃发是冬之静美，只待来年百花争艳。自然尚且如此，何况人呢？

一盏清心茶，飞入禅理中

事能知足心常惬，人到无求品自高。站在哪个山头唱哪个歌，幽梦名曲，氤氲成一幅绝美的画面，唯美一段文字与时光不朽！

（2019年1月31日写于金城兰州天和苑）

念在眉心，不语也倾城

值此年末岁初时，巧合历法和节令同步伊始，春到物苏，大地开化，种一朵心花于红尘，静待秋收。

忆，犬吠一路运昌，祈福岁岁平安，幸哉！不管怎么样，老百姓认得个平顺，一顺万事休。

每年的这个时候，我都习惯性地总结过往，启迪来年。今年也不例外，尤其除夕遇上立春，据说这是一百年中大概能遇三次的良辰美时，定当不负春光，不负韶华，不负使命，不负此生，立德、立命、立念、立行，立下一年的好光景。

记得2013年，也是这个时候，我写下的"神十"上天，"蛟龙"下海，"航母"领航"中国梦"，"金城名师"圆梦启航人生，"政务"再次引领航标。2013年，是一个值得纪念的年份。

时过六年，盘点过往，是为了明天的起航。回看曾经一行行洗练的文字，仿佛一个个跳跃的音符，在演绎着一个灵动着的生命。

"爆竹声中一岁除""总把新桃换旧符"。人生跌宕起伏，世事盘根错节，命运阴差阳错，历史循环往复，弱水三千随缘起，只取一瓢润心扉。故事之中，是心机；故事之外，是天机；对于顿悟，是契机。每年启笔警世，搁笔醒世，岂不乐哉！

张爱玲说："时代是这么沉重，不容那么容易就大彻大悟。"即便懂得了太多的道理，却依旧过不好这一生。这是人生最无可奈何的真相。

其实，人间有几许清欢，可以让时光清浅，一杯茶，一本书，安顿下所有的繁华。该落的是尘埃，该静的是人心。

有些事情想开了，就不是事情；有些问题看透了，便没有问题。黑格尔说过"存在即合理"。总的来说，活得简单一点儿最好。

值此一年春好日，艳阳惹扰内心的萌动，破土待发的不只是种子，还有一颗诗心仍向阳，葳蕤蓬勃。怎一个"妙"字了得！

此时，不由让人想起杨慎的《临江仙·滚滚长江东逝水》。

滚滚长江东逝水，浪花淘尽英雄。

是非成败转头空。

青山依旧在，几度夕阳红。

白发渔樵江渚上，惯看秋月春风。

一壶浊酒喜相逢。

古今多少事，都付笑谈中。

念在眉心，不语也倾城，亥猪定当满福！

（2019年春节写于金城兰州天和苑）

生命，是一场花开

人生如花，短而娇艳；如期绽放，引蝶自来。

芳心未归，玩世泯灭，娇嫩含苞，旭日待发，如初露的尖头，期待未知的苍生，一切都那么好奇。

一场透心的雨露后，酣睡的躯体，全然释怀的冲动，瞬间被点燃，由心勃发，不管什么世界，静待花期。

如花的季节，忘我的陶醉，一切的随缘和静好，奔波在生活中，操劳在岁月里，任日子过得怎样，我就是世界。万物有灵随我应，苍生看去皆顺来。梦想着改变一个平凡的世界，潮起潮落，应世间变化，随风逐浪，兴许会"艳门枝头俏"。

落花的时节，纷纷扰扰，千姿百态，撩尽人生艳丽，抑或人间沧桑，挥泪尽苍生，幻化成风、成土、成泥、成尘……

五月天，让人不忆往昔。山花烂漫的季节，我在花中笑，你在床头快。生命很短，如花期。

常忆，蹉跎岁月，艰难困苦时，相濡以沫，开当难关，共度不易；常思，土里刨，树上摘，沟里挑，山里背，一双积满老茧的粗手，一脸挂满沟壑的沧桑，是我们一起见证的峥嵘岁月。

如今，那个堪称顶天立地、不知疲惫、勇挑重担、永远坚强的身躯，瘦小干枯地蜷缩在三尺床前，没了昔日的生气，艰难地与生命抗争着，何其痛哉！

遥想当年，少年持家，孤儿寡母，自成家系，扶老携幼，百家接济，育儿成栋，耀宗一方，美名家持，想来定会颐养天年。

然，终归难逃自然法则。你等宽心，鹤云亦去，我辈不忘家风家训，秉持景风遗志，孝字当先，借和煦五月暖阳美意，生者一往无前，去者安心！

人这一生，走对了路，条条都顺畅。走错了路，步步都累人。生活的轨迹，度生如史诗，每个时代的人，都有每个时代人的活法，难逃时代的自然法则。只是努力勤奋的程度不同，人生的历史厚重不同。其实，我们活的是人生，走的却是社会，但愿有些人话语不算多，关键时能暖透人的心窝，善始善终，从善如流。

春意盎然，花红柳绿，鸟鸣莺语，艳阳高照，正是陇上好风光。怕是风和日丽遂人愿，道光正理逐景人，天时地利。也许和顺之景象，阴阳相调，万物有灵，走吧，正是吉人远游时！

五月天，生命勃机的时候，你微弱黯淡，断了生气，待春暖花开时，你在枝头俏！

（2018年5月8日写于兰州市金城关）

命　运

不知何时，大学校园里的姑娘渐渐多起来了，三三两两穿行在校园里，漫步在小湖边。

在迎春花的招致下，天气格外明媚，一连阴沉了一周的天空，周末忽然放晴，深蓝深蓝的天空，给人一种豁达、兴奋的感觉。中午，躲藏一冬的姑娘们好像河堤决裂一样，瞬间撒满了校园的角角落落。

永社没有出去，一个人在宿舍里，他已经翻了好几遍衣兜，才勉强凑了一张两毛、一张一毛的纸币。他叹了口气，喃喃地躺回床上，痴痴地盯着上铺的木板，脑子在胡乱地思索着：今天已经是这个月的最后一天，父亲怎么还没有寄来下个月的生活费。平时，父亲总是提前五天准时把下个月的生活费寄来，七年如此，这次怎么了？他的脑海里不时忽闪着父亲黝黑的面孔，心里忐忑不安，莫非家里出什么事了？

永社的家坐落在黄土高原上一个偏僻、贫穷的山沟里，祖祖辈辈面朝黄土背朝天，用自己的双手从贫瘠的黄土里刨食为生。改革开放后，永社父亲思想观念转变得快，决心供自己老来得子的儿子考大学，给自己挣口饭吃，而且，永社又是独生子，从小就没有受过多少苦和累，只知道埋头读书，为爹争口气，为自己挣口饭吃。永社是个懂事的孩子，从小学习就拔尖，上完初中，为了减轻父亲的担子，他决定报考"小师范"，结果一考就成，方圆几十里多少年来第一次考出了个"状元"，父老乡亲都来祝贺，父亲高兴不已。这以后，父亲更是起早贪黑，五十多岁的老人，信心更足了，他决心不让儿子在外面受苦受累、被人歧视，宁肯家里苦些，节衣缩食，也要让儿子体体面面读书。

41

第一辑　心随笔落处

四年师范结束后，由于永社成绩一直居于全年级第一，被保送到省城师范大学继续深造，这对永社来说无疑是再高兴不过的事了。可是这怎么能行呢？永社心里明白，这艰难的四年是父亲榨干了自己的血肉来供他上学的，而且当年报考师范学校就是为了能拿到国家每个月几十元的补助，早点儿毕业工作，让父亲早享点儿福。所以，他马上写信告诉父亲自己不准备再去上学的想法，谁知这事根本就不由他，父亲一听到这消息，托人一连写来三封信，坚决要求他继续上学，信中写道：

"永儿，你是咱家的希望，也是咱全村人的骄傲，咱们几辈子人都没有读过书，在土里刨食，吃尽了苦头，你有这个机会，就一定要去上。你娘死得早，我就是苦死苦活也要供你上完大学……

家里没有惦记的，我一死什么就都没有了，爹一辈子也没有为你留下什么，只有几个土窑窑和几片破家具，那还是你爷爷留下来的，你不用就留给乡亲们，你要好好读书，做个对社会有用的人……"

永社双手捧着这血与泪交织在一起的信，百感交集，娘在他上小学二年级的时候就病逝了，父亲既当爹又当娘。记得那时候，娘刚去世，家里穷得吃菜根过活，连上学的一块五毛钱学费都交不起，一天晚上，永社鼓起勇气向父亲提出了他准备退学参加生产队劳动挣工分的想法，哪知没等他话说完，父亲就已暴跳如雷，额头的青筋都快要迸出来，他再也不敢说半个"不"字，第二天乖乖去上学了。现在，虽然父亲再很少骂他，也很少发脾气，但是父亲黝黑的脸膛，坚毅的双目，使他不敢停下来，逼着他含泪走进了省城师范大学的校门。

从此，父亲更是没明没暗地在地里干活，在山里挖药。由于长年的劳作，父亲染上了满身的疾病。但是父亲宁可吃柴咽草，宁可忍受病痛的折磨，也舍不得花一分钱来看病，他总是会把儿子每月60元的生活费准时寄出。可是这次怎么了呢？永社脸上已经挂满了泪水，他不知道家里是不是出了什么事。他不愿想，更不愿往坏处想。他只记得，自从进省城读大学以来，父亲的身体越来越弱了。特别是今年寒假回去，父亲几乎瘦成了一把干柴，眼睛深深地陷了下去，背也驼得更厉害了，而且咳嗽不止。晚上睡在父亲身边，父亲伸过粗糙的手来抚摸他时，他顿时泪水夺眶而出，幸亏他早已吹

42

灭了油灯。

"咚、咚、咚……"响亮的敲门声把永社吓了一跳，他猛地从床上弹起来，抓过毛巾，匆匆擦了擦脸，急忙去开门，原来是杨萍，他勉强冲她笑了笑。

"你好啊！一个人吗？"杨萍一边嗲声嗲气地问他，一边毫不客气地跨进了宿舍，"我还以为你不在呢！"

"哟，就剩下你一个人啦！这么好的天气，怎么不出去玩玩呢？"说着就往永社身上靠了过来，两只深情的眼睛直直地盯着永社，永社急忙低下头闪过身子，让杨萍坐在床上，自己也在旁边坐了下来，不冷不热地问：

"找我有什么事吗？"

"哟，没事就不能找你啊！告诉你，我请你去看电影，行吗？"

永社没有吭声。

"要么去跳舞？"

永社还是没有吭声。

"要么去散步，或者……你说到哪去都行！"杨萍摇着永社的肩膀在恳求。

"你去吧，我有事。"永社有些不耐烦地站了起来。

"哼，每次找你都不给面子。"杨萍磨蹭了一会儿，看是没有办法了，噘着小嘴，摔门而去。

永社关上门，重新躺回床上，心里乱糟糟的，感到茫然无措，他想到杨萍发疯似的追求着自己，那火辣辣的眸子，使他心慌，他不敢正视杨萍对自己的爱，从心底里，他不爱杨萍，他跟杨萍在一起会感到一种受辱的感觉。虽然每次出去都是杨萍争着为他们的花费付钱，正因为这样，他感到自卑，感到自己男子汉的形象受到莫大的羞辱。每次付钱时，他都感到周围的人在用一种蔑视的眼光盯着他。虽然杨萍每次都认为应该她付，但是永社却受不了。杨萍是省城一家公司销售科科长的女儿，家庭条件好，几次邀请永社到她家去做客，可是每次都被永社婉言谢绝，他知道自己配不上人家，而且杨萍任性轻佻，他也看不惯，可是杨萍就是执迷不悟，而且越追越热烈，最近，他感到有点儿害怕见杨萍，总是想方设法在逃避。

永社自从进入省城读大学以来，学习更加刻苦，成绩一直保持在全年级第一，又是班上团支部书记，系里团总支副书记，学校团委组织部部长。加上他从小就一直在学校读书，没有受过多少苦，皮肤白嫩，鼻梁挺直，头发浓黑，一双深沉的眼睛流露着从父辈那里带来的刚毅，英俊潇洒，成为班上女同学追随的偶像。每次走进教室，总会遇到几双含情脉脉的目光，他总是低着头找个不起眼的地方坐下来埋头读书。可是，周围总会有意无意坐些柔情似水的姑娘，课间没话找话地同他聊上几句，上课有意无意地捅捅他的胳膊，有时还传传纸条，胆大的会偷偷拉拉他的手，弄得他简直拿她们没有办法。

永社对姑娘们的殷勤基本上是冷漠的，然而让姑娘们倾心的另外一个重要原因是他文章写得特别棒，感情细腻，构思精巧，描写入微，扣人心弦，学校广播站经常播报他的文章，校园文学社频频刊登他的文章，老师每次讲评作文时，都以他的文章做范文进行讲评，记得最近写的一篇《等待》，更是情真意切，感人肺腑。

等待的日子，天天都是流泪的心情，老实说，疼的不是梦，是感觉。……

也许，水做的骨肉本该与水结缘。

也许，如水的情怀本该与水相融！

……

多么美妙的语言，多么真挚的情感，她全然是用作者的生命铸成的，太深切，太缠绵，太滞重，太苦涩了，说她惊天地泣鬼神，惊心动魄，皆不为过。

当老师的评讲结束时，教室里顿时响起雷鸣般的掌声。

此后，永社成了女同学们茶余饭后谈论的主要话题，也更促进了女孩子们追求的欲望，她们三天两头借着看"作品"、谈"作品"，经常没话找话地同他搭讪。上个星期天，李琦来找他时，他正在洗衣服，李琦不假思索地帮他洗了那么多衣服，水很冷，小手冻得红红的，他几次劝她停下来由他自己洗，可是李琦还是坚持洗完了所有的衣服，本应该好好地感谢她一下，可谁知道她洗完衣服，一句"拜拜"，就风一样地消失了，永社至今都觉得过意不去。但是，他总觉得现在不应该谈情说爱，一方面是他觉得影响学习，对不起父亲。另一方面是他觉得自己的经济条件根本跟不上。可是，每天找他的姑娘应接不暇，为了躲避骚扰，静心学习，安心考研，他准备利用下个月的生活费在学校附近租间廉价的民房栖身，也可以自己做点儿饭，免得在学校食堂打饭时的自卑。但是，眼看下个月就要开始了，生活费还没有寄来，不说租房，就连今天下午的饭钱也不够了，一个馒头两毛五分钱，看来只能买一个馒头先凑合过完今天再说。

永社翻了个身，伸手从床前打开笔盒，小心翼翼地从里面拿出一枚老牌电子手表，这是他考上师范时，父亲在集市上为他花五块钱买的，现在已经七年了，表仍然好好的，时间也很准。现在已经是下午四点半了，他再也不敢想下去了，五点半学校就要开饭，如果错过了开饭的时间，在外面吃饭会更费钱的。永社对自己的钱总是计划了又计划，他很少进城，因为进城就得花钱，就连上厕所也得花两毛钱。

他爬起来，拿了毛巾，到洗脸间去冲脸，猛然想起了一位师范时的朋友，她叫叶丽娟，是永社老家地委书记的女儿，师范毕业分配在省城省政府工作，她已经来找过永社几次，而且捎话叫他最近有空到她那儿去。

永社决定下午还是去看望一下丽娟，顺便借点儿钱。他总觉得在丽娟面前借钱，他不感到自卑，他和丽娟在师范一起参加过各种竞赛活动，一起排演文艺节目，一起唱歌，一起聊天，他们是最要好的朋友，而且丽娟知道永社的家庭情况，经常给永社经济上的帮助，永社也经常为丽娟帮这帮那。师范毕业后，到省城来的也只有他们两个，他们的关系似乎更亲密了，但是永社是个很有个性的孩子，他和丽娟交往，总是把丽娟当作亲妹妹一样看待，从没有过其他方面的想法，尽管丽娟对他百依百顺，可永社总觉得和丽娟门不当、户不对，如果发展关系，对丽娟的前程不好。他的家庭拖累太重，他觉得对不起丽娟，因此，他们始终保持着兄妹情谊。现在遇到困难，还是硬着头皮去找一下丽娟，首先混上一顿饭，他已经好几天没有吃过菜了。但他每次想到混饭，就不由自主地红了脸，他有时深为自己的这种行为感到羞耻，但是没有办法，剩下的三毛钱连到丽娟那儿的车票钱都不够，如果再买一个馒头，那就得走到省政府，可是学校离省政府太远，他只能省下三毛钱来坐一段车，再步行过去。

永社匆匆擦完脸，从床下的纸箱里拿出一套咖啡色的西装，那是他师范时参加话剧表演，地区发的奖品，他平时一直舍不得穿，每逢开学或拜访朋友时偶尔一用。他穿好西装，系好领带，到镜子前一照，一位英俊、潇洒的青年出现在镜子里，他自信地笑了笑，便走出了宿舍。

黄昏时分，他来到省政府单身宿舍楼下，抬头看见416宿舍的灯亮着，他估计丽娟在宿舍，本应该下午打个电话的，可是该死的三毛钱，他长叹了一口气，跺了跺脚，本能地拍了拍裤腿上的土，便走进了大楼。

416宿舍的门被敲开了，丽娟围着围裙正在做饭，见是永社，非常高兴，急忙让进宿舍，一边嘘寒问暖，一边端洗脸水。

"你先好好洗一下，我去做饭。"

永社脱下西装，小心翼翼地挂在衣架上，松了松领带，便开始洗脸，雪白的毛巾散发着沁人的清香，永社唯恐自己的手弄脏了毛巾，或者自己的汗味掩埋了毛巾的清香，他草草地擦了擦脸。还没有等收拾完毕，丽娟的菜已经做好了，四菜一汤，又倒了满满两杯啤酒。

"来，永社哥，为我们的相聚干杯！"

"干杯！"

他们一饮而尽，永社惊讶地看着丽娟。

"哟，你现在的酒量可不小啊！"

"你没听说过吗？酒逢知己千杯少啊！"丽娟一边添酒，一边抿了抿嘴说。

他们相对开怀而笑，看来，丽娟为永社的到来很是高兴，她一边往永社的碗里夹菜，一边询问近来的情况和毕业后的打算，永社说他最大的愿望是毕业后做一名记者，丽娟也非常赞同，在谈到生活方面时，丽娟表示她愿意以后每月给永社五十元生活补助，并且当场就拿出五十元钱给了永社，永社感动得眼圈都红了。

他们聊得很投缘，四盘菜都快吃完了，三瓶啤酒已经下肚，丽娟没少喝，他们就像哥们一样，总是干杯，她的脸上早已泛出了红晕，永社几次劝阻，她都微笑着说：

"没事的，我高兴，我还能喝。"说着又端起酒杯。

"说不准你还喝不过我呢！"

"来，为你明年分配顺利干杯！"

永社犹豫了一下，一饮而尽，他仿佛觉察到丽娟是有心事的，果不出所料，一杯酒下肚后，丽娟低着头吞吞吐吐地说：

"我最近也很烦，我们单位有个小伙子三番五次来纠缠，我真快讨厌死了，永社哥，你说咋办？"没等话说完，丽娟已经绯红的脸涨得更红了，火辣辣的，她的头垂得更低了。

永社一听，脑子里"嗡"的一声，他不知道该怎么说才好，如果是流氓无赖欺负了丽娟妹子，他会毫不顾忌，挺身而出，狠狠地揍他一顿，但是这种情况，他不知道该怎么办。他抓起一杯啤酒，一饮而尽。

房子里静得让人发慌，屋顶电灯发出"嗡嗡"的电流声，丽娟的泪滴在手背上，永社急出了一身汗，他站起来。

"丽娟，别难过，我去揍他一顿，"永社攥着拳头。

丽娟站起来，拉着永社坐下，微笑着说：

"永社哥，没有事，我也只是说说而已，想听听你的意见，其实，我早就拒绝了，我说我已经有男朋友了，而且还是一位英俊潇洒的大学生呢！"

"来，永社哥，为我们的明天干杯！"

又喝了一杯，永社觉得晕乎乎的，便起身告别，说他今晚一定要回学校，丽娟一直送到公共汽车站，看着永社挤上车，还静立在寒风中，一直目送汽车消失在夜色中。

永社回到宿舍，已经是夜里十一点钟了，同宿舍的同学告诉他，辅导员来找过他，说有紧急电报。永社二话没说，急忙跑到辅导员处。

"父病危，速归。"

永社拿着电报，不知道怎么回到宿舍的，呆滞的双目死死地盯着电报，天地一片朦胧。

第二天天还没有亮，永社就已经收拾好行李，把给父亲的药和几件旧衣服装在提包里，匆匆赶往车站。

凌晨六点钟，他坐在了开往家乡的第一趟班车上，离开了夜色还没有褪尽的省城。

在回家的路上，永社心中思绪万千，他想到年迈体弱的父亲为了他染上一身的病，现在突然病倒，谁在照顾父亲呢？这唯一的亲人相隔千里，家里不知道都成了什么样子了。一旦父亲有个一差二错，自己的学还上不上？他不敢想下去，心里默默地在祈祷：保佑父亲平安。

下午六点钟，汽车驶过了六盘山，永社的心怦怦直跳，公路两边熟悉的山山峁峁，都亲切地展现在他的视野之内，山坡已经绿了，成群的牛羊像星星一样点缀在山坡上，田野山路上挖野菜返回的小姑娘，偶尔传来一两声跑调了的歌谣，那样熟悉，那样亲切。

汽车缓缓地驶过山坳，亲爱的家乡就在眼前了，永社透过车窗，远远地看见他家窑顶上飘曳着一柱浓浓的紫烟，一直扯向对面的山梁上。这能是谁呢？父亲病了，莫非哪位好心的人来照顾着父亲，他急着赶回家一看究竟。

车到村前，他急忙下车，有德大爷正在村头等着他，见永社回来，迎了上来。

"社儿，你可回来了，你爹把你盼得好苦啊！可惜……可惜他老人家还是没有见上你一面……"有德大爷已经老泪纵横，呜咽着说不出话来。

"大爷，我爹他怎么了？您快说啊！"

"他走啦……"

"啊？走了……父亲他走了……不可能……这不可能……父亲绝对不会丢下我自己先走了……"

永社呆滞了瞬间，蓦地，不顾一切地向自家狂奔，行人在他面前让路，牛羊在他面前躲闪，在他眼里，这世界已经一片空白，只看见父亲褴褛的身影在茫茫天际飘逝，他要拼命追上去！爸爸，等等我……

茫茫夜幕笼罩着黄土窑，森森寒气封锁着黄土窑。

土窑里安放着父亲的遗体，他静静地躺在"床"上，身上蒙着洁白的苦单。

永社轻轻揭开苦单，父亲的遗容展现在他面前！

父亲静静地闭着深陷的双目，闭着干瘪的嘴唇，满是皱纹的脸皮贴在一张沟壑分明的脸颊上，烛黄的面容却显得慈祥、安然，他睡着了，他没有走，他怎么能走呢？他还没有见着他唯一的儿子呢，怎么可能走呢？

泪水滴落在父亲的脸上，他没有反应。

"爸爸，爸爸……"永社抱着父亲的双肩，摇晃着，他还是没有任何反应。

父亲真的走了，他永远不会回来了，不会再睁开眼睛看一眼他依依不舍的儿子了，尽管他非常渴望。

永社的心碎了，绝望了，疯狂了！他痛不欲生，他不可遏制地扑倒在父亲的遗体上。

"爸爸……"

一声肝胆俱裂的惨叫，震得黄土窑沉积了几十年的尘土簌簌下落，久久回荡在宁静的夜空。

油灯下，永社小心翼翼地打开父亲的遗物，布包里整整齐齐地包着由一元、两元组成的六十元人民币，这是父亲为儿子准备的生活费，由于突然病倒而未能寄出，听乡亲们说：父亲是由于劳累过度，得了肺炎而去世的，在临终前，口里一直念叨着永社。

送葬的那一天，牛毛春雨淅淅沥沥，一世清白的父亲离开人世的日子，没有给他最后看一看晴朗的天空，他的死留下了太深的悲哀！

八个小伙抬着棺材，踏着泥泞路，来到山坳一片松树林，十五年前，母亲怀着万分眷恋的心情，被永社和父亲送到这里安息。今天，父亲又怀着万分眷恋的心情，被儿子送到这里陪伴孤独了十五年的老伴。

春雨湿润了墓地，也清除了父亲的一切，蒙蒙细雨冲洗着亲人们的泪眼。

永社望着父亲将永久栖息的地方，泪水扑簌簌地洒下去，混合着雨水，润湿了那深褐色的新土，他顾不得这些，立即跳下墓坑，用双手抚平坑底的每一寸新土，他想父亲一辈子累坏了腰板，死后应该舒展一下腰肢。乡亲们把棺材缓缓地下到墓坑，永社用"滚木"稳稳地把棺材送入里坑，然后在父亲头前放好"碗"，并把自己带回的药也小心翼翼地包好，放在父亲头边，泪水朦胧了永社的双眼。

按照乡俗，第一把土应该是亲人向亡人脸上苫土，永社望着父亲的棺木，心如刀割，他多么不愿父亲离开相依为命的他啊！他跪倒在坟坑边，双

第一辑　心随笔落处

手捧起一把新土，泪水洒落在新土上……

有德大爷走过来，扶着永社说："社儿，亡人以入土为安，就让他安心地走吧……"

乡亲们都来相劝，永社无力地把手中的新土撒向墓坑，他的心猛地抽动了一下，再也不能自持，倒了下来，躺在父亲将永远长眠的地方，没有一点儿力气，任春雨淅淅沥沥……

黄土无情地埋下来，埋没了父亲的遗体，填平了墓坑，一座尖顶山梁似的新坟出现在松树林里。

天近黄昏，雨停了，永社坐在父亲的坟旁，他没有回去，家里没有亲人了，他的亲人就在这里，他想留在这里多陪陪父亲，他觉得整个世界空荡荡的，他好像一个无依无靠的孤儿，飘游在太空，意念中，只有这坟，这唯一的亲人可以陪伴。

云彩破处，夕阳斜射出来，天地豁然开朗，不公平的天啊！它以凄风苦雨送走了一生坎坷的父亲之后，才肯向人间洒下澄澈的清辉。

七天以后，永社出现在家乡的一所三年制小学校园里，他正拿着书本和教鞭，径直向二年级教室走去。

晚春的大学校园里依然绿荫婆娑，空气中弥漫着鲜花的芬芳，年轻的恋人并肩而行，脚踏着路面斑驳的阳光，丽娟和杨萍站在湖水边，看着永社寄来的信：

丽娟：

你好！

人生旅途中能遇到你，是一种荣幸，一种缘分，真心感谢你对我的支持和帮助。

父亲走了，没能等到我读完大学，这是一种莫大的遗憾！父亲使我走进了神圣的大学殿堂，然而，父亲又使我改变了初衷。家乡这块土壤太古老、太贫瘠了，我决心留在家乡工作，要把自己的满腔热血洒在这古老而贫瘠的黄土地上，用自己的汗水浇灌出一个个幼苗，用行动来拯救一个个像父亲一样受苦受难的乡亲。

丽娟，我想你是能够理解和支持我的，欢迎有机会到家乡做客。

另外，替我到学校向杨萍告别！

拜托，再见！

永 社

1995年5月3日

黄土高原纵深处，家乡山水甲天下

（2009年4月写于甘肃庆阳陇东黄土高原故居）

第一辑 心随笔落处

第
二
辑

浓
墨
育
人
心

　　苏格拉底说："教育不是灌输而是点燃，一万次灌输不如一次真正的唤醒。"柏拉图曾经说过："教育其实就是解放心灵。"亚里士多德认为："教育之树根部是苦的，但其果实是甜蜜的。"我认为，教育是育"心"的工程，跟育"禾"一样，培根铸魂。

　　人生的选择是变化的，小的时候，期待长大；长大后，期待成功；成功后，期待归真。我们对教育事业的选择和对教书育人的理解，会随着自己教育阅历的不断深入而更规律、更科学、更人性，会真正领悟到教育的真谛，慢慢融化育人的自然本性，还教育的本来面目。

幸福，是一种心态

　　有幸聆听了全国优秀班主任、北京市特级教师丁榕老师"班主任幸福人生"的精彩报告，给人一种震撼。七十岁的老人，在长达三个小时的报告中，一直站着讲完，那股子"精气神"让人敬佩。

　　丁榕老师谈到教育时是那么激动，聊到学生时是那样幸福，是什么力量支撑着丁老师如此地有精神头，如此地健谈？

　　答案是一种心态，一种积极健康的心态，一种知足快乐的心态，一种宽容平常的心态，也是一位从教多年老专家的常人心态，更是一位教育家的赤诚心态。

　　丁榕老师的人生可以说是跌宕起伏的，也没有少吃苦。但是她呈现在人们面前永远是快乐和幸福的，她把阳光的一面给了她挚爱的教育，给了她热爱的事业，成天和亲爱的孩子们在一起，她是幸福的。

　　想想我们身边的人，年纪轻轻却成天抱怨，不是说学生调皮，就是说老师难当；不是嫌工资低，就是说环境差；不是说自己的爱人不好，就是说自己的婆婆如何是非；东家长西家短，都是别人的不是、自己多么不幸，看看丁老师的为人，我们自觉惭愧。

　　什么是幸福？人人感觉不一样，说法各异。失业的人说有工作就是幸福；生病的人说只要健康就是幸福；穷人说有钱就是幸福；忙人说给我时间就是幸福。其实，幸福就是一种感觉，一种心态。

　　当我们看到女人们天天忙忙碌碌，下班着急赶回家操持家务时，我们觉得她很不幸福；看到男人们带着小孩，搀着老人忙前忙后时，我们觉得他很辛苦，不幸福；看到丈夫们围着小围裙在厨房忙碌而妻子坐在客厅嗑着瓜子看着韩剧时，我们觉得他很不公平，不幸福；抑或妻子接送孩子忙着做饭而丈夫跷着二郎腿看足球比赛时，我们觉得她更不公平，也不幸福。

其实，这可能都是我们误解了幸福。也许以上种种现象都是人家心甘情愿，就像父母为了子女、妻子为了丈夫，就像恋人为了爱情。因为人间存有真爱、大爱，就像父母是用来敬的，爱人是用来疼的，幸福是用来感觉的一样。

有种心态叫放下，有种境界叫舍得。丁榕老师舍弃了很多机会，一辈子坚守在教育事业上，七十岁的老人仍然在研究教育、传承教育，其实她是幸福的。这让我想起了"世纪老人"冰心，她说："我自己是凡人，我只求凡人的幸福。"

有人说：教学的最高境界是用"情"感化，教育的最高境界是用"心"雨润。德国著名教育家第斯多惠说："教育的艺术不在于传授的本领，而在于激励、唤醒和鼓舞。"回归教育的真谛是"真实"，做真实的学生，做真实的老师，越是真实越艺术，越是真实越育人。千教万教教人成真，千学万学学做真人。这是一种教育者的心态，不过分苛求学生的个性发展，用心培养着孩子快乐健康成长，这就是幸福。

老师何时能放得下一颗急功近利、拔苗助长的心，让教育回归健康的心态，教育工作者才会真正拥有一种职业的幸福感。

[2014年11月写于金城兰州第六十一中学，此文发表于2015年1月《中学政治教学参考》（上旬）1-2期合版杂志]

第二辑 浓墨育人心

做一个有故事的教师

> "教育是一种依恋！教育是一种尊重！教育是一种智慧！教育是一种责任！教育是一种理解！教育是一种浪漫！教育是一种传奇！"
>
> ——李镇西

2014年10月25日，在甘肃省农业大学礼堂，我聆听了李镇西校长"教育，细雨无声般的依恋"的精彩报告，我真正享受了一顿文化大餐，一顿名副其实的精神食粮。

李校长是教育哲学博士，特级教师，全国优秀教育工作者，成都市武侯区特级校长，被誉为"中国苏霍姆林斯基式的教师"。他用朴实无华的语言，娓娓道来自己的亲身经历，他的传奇故事，无不处处体现着李校长事无巨细、深厚扎实的教育思想，诠释了有心收藏、真爱至上、善良智慧的教育真谛。

首先，做教师，要做一个有故事的教师。李校长就是一个有着极为丰富故事的教师，他用最朴实的语言，诉说着自己最浪漫的教育事例，他所带的"未来班"的学生们个个有故事，李校长就是写故事的人。他积累素材，串联情感，点燃感动，撒播良知，他搜集学生们成长中的点点滴滴，包括老照片、老影视、小日记、小字条、明信片、手写稿，哪怕是特幼稚的童语或病句，都在黑白的、泛黄的记忆中彰显着浓浓的、绵绵的师生情谊，显得那样真切、童真。李校长是一个有心人，他想用这种方式留住曾经的瞬间，让长大后的学生回味昔日的时光，见证成长的过程，感受教师的良苦用心。用李校长的话来说，就是一种依恋！苏联教育家苏霍姆林斯基说："对孩子的依恋之情，这是教育修养中起决定作用的一种品质。"

其次，做教师，要做一个有智慧的教师。完美的教育是爱与智慧的结合。我读了无数的教育著作，教育实践了近二十年，始终感受着"爱"学生是教育的前提，也是教师职业的根本。我看到身边很多教师，平时在用一颗善良的"爱心"教育着不理解自己的学生，苦不堪言，他们在扎扎实实地"应付"着教育。教育确实需要智慧与爱结合，苏联教育家阿莫纳什维利说："谁爱儿童的叽叽喳喳声，谁就愿意从事教育工作，而谁爱儿童的叽叽喳喳声已经爱得入迷，谁就能获得自己职业的幸福。"

边走边悟，边学边教，走在教育的路上，且行且珍惜

再次，做教师，要做一个有幸福感的教师。没有幸福感的教师把教育当作职业，而有幸福感的教师把教育当作事业。李校长说：一个日子，一个孩子，就是教育；善待每个日子，呵护每个孩子，就是教育的全部。李校长为什么说起自己的教育故事时会眉飞色舞、滔滔不绝，谈到自己的学生会洋溢着无法形容的喜悦和幸福？原因是李校长是会编织故事的人，在每一个日子里，他都在和孩子们一起编织着属于他们自己的故事，课堂上、活动中无不渗透着李校长和孩子们亲密无间的瞬间，那一回头，一投足，都是一个个

第二辑 浓墨育人心

动人的故事，一段段深深的往事，所以他们到一起有说不完的话，忆不完的事。他以学生为自豪，学生以他为骄傲，正因为有故事，他幸福；因为幸福，他把教育当作事业来做。

最后，做教师，要做一个有研究的教师。用研究者的心态去对待每个学生，用教育者的姿态去对待问题学生，你应为自己班上有个问题学生而高兴，因为你有了真正的教育对象。李校长感悟普通教师和名师的区别在于写作，写作是普通教师走向名师的"最后一公里"。教师要把每一堂课都当作研究课，把每个班都当作试验田，把每个学生都当作完整的宇宙，不停地写教育备忘录、教育随笔、教育故事、课堂实录、教学反思、教育论文。

教育人的工作永远很难，但是伟大。因为他是塑造心灵的工程，需要一颗朴实、纯洁、善良、不加修饰的童心。

教育人的工作永远很小，但是重大。因为塑造心灵的工程不是一朝一夕之功，需要有"滴水穿石"的耐心，有"愚公移山"的恒心。

〔2014年11月写于金城兰州景耀勇名师工作室，此文发表于《中学政治教学参考》（上旬）2015年第6期，总第586期，中华人民共和国教育部主管，陕西师范大学主办〕

教育随笔

　　随笔，又叫随感、笔记，是一种古老的散文体裁，篇幅短小，表现形式灵活。一般作者都有写随笔的习惯。随笔选材广泛，形式自由，寓抒情、叙事、评论于一体，是随时随地反映见闻感受的一种文体，又称"练笔"。

　　教育随笔是一种关于教育改革与实践的反思、所感、经验和体会，其形式多样，有时像小品文或杂文，有时又像日记或杂记，广义包括教学笔记、教学后记、读书笔记、教学札记、教育教学随感录、备课笔记、教学反思、教学心得等。

　　教育随笔的特点是随便、随时、随手、随缘、随心。本人有写教育随笔的习惯，从教近二十年来，教育随笔处处可见，有感悟、有体验；有情感、有过程；有经历、有成长，权当"吾日三省吾身"，修身养性罢了。

　　当然，写教育随笔也是教育工作之所需，把工作当作事业来干，还是把事业当作工作来做，我一时也说不清楚，只是觉得人要活得充实，充实就不能没有思想，没有精神的东西。

　　写教育随笔是为了积累教育经验，厚积薄发，促使自己不断反思教育行为，帮助自己打磨教育智慧，锤炼教育思想，发现问题的本质，追根思源，找出问题的症结，催促自己不断进步。

　　写好教育随笔就必须平时多读书，多看报，多记录，为写作积累丰富的素材，教育随笔选材要做到小、精、细、鲜。短小而精辟，细致而新鲜是随笔的精致之处。

　　慢慢地，写"随笔"便成了我的一种习惯。万世师表孔子说："少成则若性也，习惯成自然也。"好的习惯一旦形成，就会成就自己的人生。这些年，教育随笔成了我入作的"门槛"，引我入境。

学习，是一生一世的，永无止境的事情。除了教育随笔之外，我偶有写写教育之外的"随笔"，主要以散文、游记、小小说等为题材，反映教育科研之外的生活体验所得、所想、所感。剖析灵魂，感悟对自然、生活和人间温情、亲情之切腑体验，体味人间之大爱，颇有主食拌料之感，为教育教学增色不少。

契诃夫认为："必须写自己看见的、感觉到的，而且要写得真确、诚恳才成。"教师要善于表达自己，写作是最好的表达方式。教育随笔也罢，随笔也罢，都是工作和生活中的真实感受，人是感性动物，煽情、造情丰富人的精神世界，是人有别于其他动物的特性之一，要写自己的真情实感，写自己的感悟经历，哪怕语言朴素无华也罢，读起来仍然能让人感动于心。

常写随笔的人是有"心"的，是对生活有规划的人，不想碌碌无为，也不愿昏昏沉沉生活，是对自己的人生负责任的。通过把思想情感用文字的形式写出来，梳理了思想，合理了情感，让思想情感有了逻辑，增添了理性，也能更好地指导实践。随笔写得多了，人生的厚重感就强了。

随笔会成为人成长的一种动力，生活的一种信念，伴人成长。

随笔在自由自在中，随性托物言志，时而心境如水，时而融情于景、含蓄隽永。在教育教学的时空里能够融情于自然，宁静致远，放松心境，感悟自然与人性之美，带着一颗"善"心来育人，以人为本，返璞归真，定会自然育人。

以一颗包容的爱心去教育学生，也定会点燃学生心灵之爱火，让大爱燎原世界！

（2014年4月23日写于金城兰州西固城）

角色翻转

前段时间我应邀参加兰州市教育局组织的"参与式教学"评课活动。活动之余，让我想到目前社会上热议的"翻转课堂"（The Flipped Classroom），又译为"反转课堂"。其实，无论"翻转课堂"也好，还是"参与式课堂"也罢，都是国家教育行政部门和社会群体致力于教育改革，为了大力推进新课程改革继续深入，全面实施素质教育的不同举措。

"翻转课堂"和"参与式课堂"都强调师生课堂角色的转换，把课堂还给学生；都倡导民主、探究、合作式课堂模式，真正体现学生的课堂学习主体性行为，唤醒和培养学生创造性思维和自主学习的能力。

"参与式课堂"是一种将学生放在教育教学生活的主体位置，教师通过组织、设计活动等形式，全面调动学生积极参与、创造性学习与发展的教学模式。所谓"翻转课堂"就是教师创建视频，学生在家中或课外观看视频中教师的讲解，回到课堂上师生面对面交流和完成作业的这样一种教学模式。两种模式看似不同，风格各异，但是其实质上是同根同源。

一、新课程改革的理念

新课程改革的核心理念是"一切为了每位学生的发展"。

"翻转课堂"，兴起盛行于美国，作为一种新型的教学模式，颠覆了传统意义上的课堂教学模式，被世界各国广为关注。中国教育改革的总体方向是，在继承传统的基础上借鉴西方优秀的民主式教育模式，合二为一，洋为中用，形成具有中国特色社会主义性质的新的教育模式。

"翻转课堂"体现先学后教，将学生在线学习与学校学习有机结合起来。

课堂主要任务是"解惑、答疑",组织师生之间和生生之间交流研讨,使课堂有更多的时间来培养学生的创新精神和实践能力,有更多的机会来引导和激发学生对知识的探求和对问题的思考,有更多的时间培养学生健康的人格和正确的情感、态度、价值观,大大提升课堂教育教学的效率,真正实现高效教学、道德课堂的育人目标。而"参与式课堂"是让全体师生共同建立民主、和谐、热烈的教学氛围,让不同层次的学生都拥有参与和发展机会的一种有效的学习方式,是一种合作式或协作式的教学法。二者根本宗旨都体现了"以学生发展为本,基于学生发展,关注学生发展,为了学生发展"这一新课程改革的核心理念。

二、师生课堂角色的转换

无论是"翻转课堂"还是"参与式课堂",都倡导学生在课堂的主体地位,突出学生的课堂参与度,从评课角度来说,就是看学生对知识的渴求欲望与浓厚兴趣被激发的程度,看学生的自主学习能力与效果,看学生对知识的掌握和能力的培养,要求学生的角色由过去"教我学"转变为现在的"我来学"。一句话,就是"以学定教"。

"翻转课堂"和"参与式课堂"都要求课堂把学生推在前面,教师则由"台前转向幕后",不再有或者很少看到教师在课堂上滔滔不绝、眉飞色舞的表演,而是把"表演"的机会更多地让给了学生。

在"翻转课堂"中,其前提是"慕课",就是教师必须提前给学生一个自主学习的"微视频",而教师必须在课前完成"微视频"的制作和设计,不但没有减轻教师的工作量,反而可能增加了教师的工作量,更严格意义上来说,对老师的要求更高了。"参与式课堂"也不例外,课堂设计,问题设置,引导与调动学生都体现在课堂之外的"备课"环节中。

那么,怎样评价教师呢?主要看教师的课堂设计,巧妙引导,对情境和材料的选用,对教材内容的取舍和驾驭,能否体现"三讲三不讲"教学原则、能否体现"三贴近"等方面。教师角色由过去的"教师表演"转变到现在"教师组织学生来表演",由"演员"变成"导演",由"台前"变为"幕后"。

三、回归以人为本的教育本源

华东师范大学国际慕课研究中心主任陈玉琨说："慕课，一场正在到来的教育变革。"这也是中国现代教育经历这么多年后，人们对以往课堂教学模式的一种反省，一场革命。诸如"研究性学习""探究性活动""体验（参与）式学习""先学后教"等课堂模式的变革一样。让教育真正回归本来的面目，坚持以人为本，以学生的发展为根本。

"以人为本"从字义来说，就是从人的本性，人的成长规律出发，教育以育人为己任，教育工作就是做人的工作。因此，"翻转课堂"和"参与式课堂"都要求把学生变成主动学习、主动接受的学习主体。

"百年大计，教育为本；教育大计，教师为本；学校教育，学生为本。"让学生真正成为课堂的主人，课堂呈现的效果应该是学生主动参与学习的情景，热烈讨论、积极发言的场景。教师回归到"传道、授业、解惑"的"主导"地位，既还原教师的人本地位，又让学生真正独立自主起来，坚持教育以学生发展为本。

回顾中国的现代教育，尤其是改革开放以来，为国家培养了大量的人才，功不可没。但是随着社会的发展，人们慢慢发现，现在的人们压力很大，矛盾很多，其中一个很重要的原因在于教育。因此，教育改革不仅是教育工作者的翘首企盼，也是广大家长的渴望，更是孩子们梦寐以求的愿望。

兰州市景耀勇名师工作室环境

（注：兰州市景耀勇名师工作室作为兰州市高中政治"金城名师"工作室、兰州市首批首席专家工作室和甘肃省首批思想政治理论课名师工作室，自2013年在由兰州市委、市政府命名的兰州市"金城名师"的基础上，以"领衔名师"的名字命名组建工作室以来，始终坚持思想政治课程育人目标，落实立德树人的任务，引领工作室成员拓展专业，立足课堂教学实践，通过名师示范引领、指导辐射、团队合作，促进中青年教师走向卓越，把工作室建设成为一个"学习型""研究型"的学术团队。通过近10年来的发展，已经成立了2个省级工作室、2个市级工作室和3个二级工作室，在农村基础薄弱学校建立思政学科工作站，培养思政学科"种子"教师。承担省市3个思政学科本硕学生教育实践基地工作，工作室成为思政学科骨干教师的孵化器，卓越教师成长的摇篮。）

（2014年12月8日写于兰州市景耀勇名师工作室）

构思，在这里灵动

> "你有一个苹果，我有一个苹果，我们彼此交换，每人还是一个苹果；你有一种思想，我有一种思想，我们彼此交换，每人可拥有两种思想。"
>
> ——萧伯纳

2014年12月，我有机会参加了成都七中第36届教育研讨会，巧合的是，他们呈现给我们的一节政治研讨课，正好和我们学校刚刚上完的教研组长公开课和兰州市景耀勇名师工作室两位成员的汇报课内容一样，都是高一《经济与生活》第四单元《市场配置资源》这部分内容。

同一节课，来自不同地区、不同的教研机构研课设计，由四位教师分别来呈现。除了教师的教学风格、人格魅力和学生不同外，在教材内容的处理和课堂教学的设计上也大有不同。

一、对教材内容的"取舍"

（1）"取"——《市场配置资源》教材内容编排为三部分。即市场调节、市场秩序和市场失灵。四位教师都不约而同地进行了教材内容的"取舍"，也就是都选择一部分内容本节课不讲。从这一点来分析，说明本节课内容在教材本身的编排上比较多，课堂容量大，不适合一节课内讲完。

在选择什么内容必须要讲的问题上，四位教师都不约而同地选择了"市场调节"部分。说明"市场调节"是本节课的主干知识，是本节课的灵魂。

（2）"舍"——在选择什么内容不讲的问题上，教师们的选择各有不同，其中有两位教师选择"市场秩序"部分不讲，有两位教师选择了"市场失灵"部分不讲。单就"市场秩序"和"市场失灵"这两部分选择讲谁或不讲谁的问题，本身无可非议。但是选择不同，由"市场调节"部分的过渡设计就大相径庭。

这说明"教教材"还是"用教材教"是截然不同的教育理念，教师要善于研究教材，研磨教法，用先进的教育理念选择最适合展示自己教学风格的教材内容，合理搭配，优化组合。不仅彰显自己个性，又能符合学生实际需要，适合自己的就是最棒的。虽然四位教师选择不同，但是都能很好地调动学生思维的积极性，充分发挥学生的主体性作用，将教师"演员"的角色转换成为课堂幕后的"导演"，讲"活"了高中思想政治课堂，让新课程理念体现得一览无余。

二、对教材内容的"设计"

（1）课堂相同思路——大家都选择从"资源的有限性与人类需求的无限性"这对矛盾导入，过渡到"资源的配置方式"的必要性，然后重点解释"市场调节"，这一设计思路是相同的。但是在处理"计划"和"市场"的关系上，风格各异。

（2）课堂不同思路——选择从"市场调节"到"市场秩序"部分的教师，其教学设计由市场调节功能的竞争性、引导市场秩序的必要性，进而过渡到"怎样维护市场秩序"的问题上来，应该说过渡设计得自然巧妙。而选择从"市场调节"到"市场失灵"部分的教师，其教学设计由市场调节的利弊分析，进而引导到"市场调节不是万能的"，自然过渡到"市场调节不了的"和"市场不能调节的"，引出市场调节自身的弊端自发性、盲目性和滞后性，这样的设计也非常自然顺畅。

这种"同课异构"的教学研讨方式，强调"同中求异、异中求同"，让我们清楚地看到不同的教师对同一教材内容的不同处理，不同的教学策略所产生的不同教学效果，并由此打开了教师的教学思路，引发参与者智慧的碰撞，长善救失，取长补短，彰显教师教学个性，真正体现了资源共享，优势互补。

三、对例证材料的"选取"

（一）课堂导入

对于"资源的有限性与人类需求的无限性"这对矛盾的选择上，两位教师选择了课本中"钢材"的例子，以问题的形式导入。

1. 人类社会为什么要合理配置资源？

2. 你能想出哪些方式配置这些资源？试对这些方式做出利弊比较。

一位教师选择用"石油"资源紧缺的视频导入。

问题：我们应怎样合理配置资源呢？

一位教师选择从"开火锅店"对店面、技术、资金、人员等问题的管理导入。

问题：人、财、物应该怎样合理安排配置？

可以看出，课堂导入选材上，越是选取学生感兴趣的话题，或者学生身边能感受得到的例证材料，或者跟学生联系越紧密的事例，学生课堂讨论和参与回答的效果越好，课堂氛围越是活跃，效果越佳。这就验证了新课程要求教师在授课过程中加强"三贴近"的原则。即贴近实际、贴近生活、贴近学生。

（二）课堂探究

四位教师都选择"市场调节"部分为讲授环节，"市场秩序"和"市场失灵"部分为探究环节，但是具体设计不同。

一位教师的课堂探究选择的是讨论"哪些东西市场调节不了"？一位教师的课堂探究选择的是讨论"市场秩序如何规范"？一位教师的课堂探究选择的是讨论"生活中你会遇到哪些违背市场秩序的不良行为"？一位教师的课堂探究选择的是讨论"土地竞标"和模拟"现场拍卖会"的场景。

从实际课堂效果来看，教师都选择分组讨论，个别指导，小组代表发言，教师进行总结提升的一般探究程序。但是在排除教师的个人驾驭能力外，单就例证材料与学生的探究效果来讲，一是形式越新颖的探究方式，学生越喜欢，效果越好；二是材料越贴近学生实际生活的，学生越感兴趣，效果越好；三是问题设置指向性越明确、角度越便于学生联系实际的，学生讨论回答的效果越好。

四、对同课异构的"反思"

这种巧合的课堂教学研讨活动，正好彰显了"同课异构"教学方式的本色。即同一节课的内容，由于教师不同的教学设计，不同的教学构思，不同的教学方法和不同教学资源的选择，使听课者通过对这些课的对比，结合他们所取得的效果，反思自己上过这节课所经历的过程或没上过的为自己准备上这堂课进行第二次备课奠定基础，资源互补，优势共享，形成一堂完整高效的优质课堂。

"同课异构"重点在"构"，即设计，反映不同教师的心智和艺术，"构"是关键。但是"同课异构"也要体现"异"，即不同的设计产生的不同效果，给人以比较、分析，进而产生灵感的作用。

"同课异构"教研活动是一种多层面、全方位的合作、分享、交流、提升课堂教学水平的研究模式。无论是"构思"教学设计，还是"构思"教学方法、教学风格、教学策略，抑或教学个性，都可以更好地比较不同的教师对同一教材内容的不同处理，比较不同的教学策略所产生的不同教学效果，对提升教师教学水平，研磨教材内容，更好地驾驭和处理课本内容，分析学情、教情有着直接的指导意义。

（2014年12月15日写于兰州市景耀勇名师工作室）

艺术，在这里绽放

教育是一门科学，教书是一门学问，班主任工作是一门关于"美"的艺术。

什么叫"艺术"，百度百科的解释为：艺术是用形象来反映现实，但比现实有典型性的社会意识形态。用文学、绘画、雕塑、建筑、音乐、舞蹈、戏剧、电影、曲艺、游戏等任何可以表达美的行为或事物，皆属艺术。

现实生活中，知道艺术的人很多，但真正懂得"艺术"的人并不多。对于艺术，通常可以从三个层面来认识：一是精神层面，把艺术看作是文化的一个领域或文化价值的一种形态，把它与宗教、哲学、伦理等并列；二是从活动过程的层面来认识艺术，认为艺术就是艺术家的自我表现、创造活动，或对现实的模仿活动；三是活动结果层面，认为艺术就是艺术品，强调艺术的客观存在。无论哪个层面，生活处处皆"艺术"，班主任工作也不例外。

一、班主任工作的艺术在于"发现美"——你有发现学生"美"的眼睛吗

班主任的伟大就在于他们能够运用自己的教育经验和潜在的智慧，发现每个学生的优点，并把优点放大为"美"；在于运用教育科学知识，把学生作为雕塑对象，塑造成为社会需要的各级各类人才；在于用自己的心血培养学生的品德、知识、身心、性格、个性、兴趣，塑造学生身心健康的人格。因此，班主任需要一双智者的"眼睛"。

我们一直倡导"百年大计，教育为本"。教育要以人为本，面向一切学生。其实，社会需要各级各类人才，绝不需要清一色的专业性人才，也不

需要都培养成为研究性的人才。教育决不能整齐划一，用同一个标准来教育人、评价人，学习只是一个人成长过程中的一部分。因此，班主任一定要善于发现学生身上的各种"美"，捕捉教育的最佳时机。

班主任不同于任课教师，班主任的职责更为宽泛，关注学生的方面更应该全面，于细微之处见精神，观察仔细，小处大文章，细节见功力。及时发现问题，巧妙解决问题，耐心询问，静静倾听，是细节；一句鼓励，一声关爱，是细节；一个微笑，一个眼神，是细节；宽容谅解，富有人情味儿，也是细节。细节虽小，却具有穿透灵魂的作用，能形成民主、和谐的师生关系，一个优秀班主任绝对要有一双"发现美"的慧眼。

有人说，发现问题是一种能力，解决问题是一种水平，解决得好是一种艺术。

（一）不是谁都能发现问题

有大局意识，洞察秋毫，细心入微，富于联想，善于思考的人才能发现问题；热爱生活，关注生命，有责任感，集体意识强的人才善于发现问题；心中有他人，做生活的有"心"人，才会处处留心皆学问，从而发现问题。法国著名雕塑家罗丹说过："生活中从不缺少美，而是缺少发现美的眼睛。"

（二）不是谁都能解决问题

解决问题不仅是对时机的把握、问题的分析和灵活的处置，还是专业能力和综合素质的体现。有人说：发现问题是一种境界，承认问题是一种胸怀，分析问题是一种能力，解决问题是一种智慧。解决问题靠的是扎实的专业知识、深刻的专业思想和高深的专业修养。

（三）不是谁都能解决好问题

什么问题、什么时候，大事化了；什么问题、什么时候，小题大做。这就是优秀班主任和普通班主任最大的区别之处。有人怕学生有问题，有人渴望学生有问题，因为有问题，就有教育的时机，就有教育的突破口，就有体现自己价值的时候。这是研究型班主任和普通班主任的最大区别之处。因此，班主任工作是一门灵动着的艺术。

二、班主任工作的艺术在于"发展美"——你有发展学生"美"的素养吗

也许你有"发展美"的能力，但你不一定有"发展美"的素养。因为能力具备但不一定会去做，做是一种"素养"，一种习惯，一种业已形成的内在品质，它可以内化为行动。

社会是变化发展的，学生也不例外，用"发展"的眼光看待学生是班主任的基本素质之一。现在的班主任都知道这个道理，但是面对高考和学校的评价机制，实际上多数班主任都把眼睛盯在学生的学习成绩上，对学生的其他优点视而不见。

在新形势下的班主任工作要有放大镜的作用，放大学生的优点，发展优点，扬起学生优点的风帆，张扬学生的个性，培养社会需要的各级各类人才。班主任要用发展的眼光去看待学生，始终着眼于学生的未来，为孩子一生的健康发展奠定良好而又坚实的基础。要坚决贯彻落实"四自"教育。即自觉、自学、自育、自立，充分调动学生自我发展的积极性和主动性。要坚持六个"学会"。即学会做人：从孝敬父母，尊重他人，诚实守信开始；学会健体：从做好眼保健操，做好课间操开始；学会生存：从珍爱生命，自救自护，竞争向上开始；学会学习：从"四先四后一总结"开始；学会劳动：从学会打扫卫生，做好值日生开始；学会合作：从富有同情心，与人为善，团结互助开始。班主任要及时发现学生的闪光点，循序渐进发扬光大，让教育使学生终身得到发展，拥有"发展美"的高贵素养。

三、班主任工作的艺术在于"唤醒美"——你有唤醒学生"美"的行动吗

德国哲学家雅斯贝尔斯说："教育的本质是一棵树摇动另一棵树，一朵云推动另一朵云，一个灵魂唤醒另一个灵魂。"心动不如行动，班主任都知道教育是一种"唤醒"，"授人以鱼不如授人以渔"，授人以鱼只救一时之急，授人以渔则可解一生之需。但是在现实生活中，班主任缺少教育的艺术性，缺少"唤醒"的行动，课堂上少了思想碰撞的火花，少了心灵沟通的默

契，更多的是安排、布置，甚至命令、要求。学生多数情况下都是被动地接受，不是理解，不是内化，更不是渴望，而是无奈。

艺术有三种含义：一是指"技艺、技能"；二是指富有创造性的工作方式和方法；三是指"用语言、动作、线条、色彩、音响等不同手段构成形象以反映社会生活，并表达"。班主任工作的艺术性就体现在平常的教育教学活动中，体现在一言一行的交流中，在平凡之中孕育教育，唤醒自我意识，丰富内心世界，调动求知欲望。

"幽默"是生活的润滑剂，新时期班主任要掌握一点儿幽默的艺术，要善用幽默风趣的语言"乐和"学生，用愉悦人心的语气赞赏学生，学生会还你一个惊喜。不要整天板着面孔，让学生很难接近你，甚至讽刺挖苦学生，造成彼此对立，更不用说走进彼此的内心世界。实践证明，现实生活中班主任与学生关系对立的占绝大多数，学生大都怕见班主任，有事躲着班主任，这其实就是班主任没有艺术性地处理好教育工作，把一份美好的事情变成了人间的"苦差事"。

教育的艺术性还主要体现在教育的方法、途径和策略的变幻无穷。我们不喜欢教师成为照亮别人却毁灭了自己的蜡烛，我们喜欢教师成为照亮别人时也照亮自己前进道路的火炬。因此，班主任如果能够有"唤醒美"的行动，不仅解放了自己，也拯救了学生，那确实是一种无限的"美"，绽放着的"美"。

四、班主任工作的艺术在于"智慧美"——你有启迪学生"美"的智慧吗

"智慧"不能等同于知识，也不能等同于智商，更不能等同于聪明。《红楼梦》里的王熙凤，智商应该是很高的，但是聪明反被聪明误；《阿甘正传》里的阿甘，智商很低，却获得了非凡的人生。到底什么是"智慧"？一时也很难说清楚，但通俗地说，"智慧"就是遇到任何问题都能直抵核心，都能找到恰当解决问题的方法和策略。

智慧的老师是学生的引路人，遇到一个有智慧的班主任是学生一生的幸事。那么，如何做一个有"智慧"的班主任呢？

关键在于学习美，思考美。"美"的基本形态是艺术美和现实美，包括自然美、社会美、教育美等内容，其内涵十分丰富。爱学习本身就是一种"美"，是一种可贵的品质，是产生智慧的孵化器。

学习他人的优点和思想，借鉴他人的做法和经验，寻找书籍中不同的灵性"美"。包括语言美、思想美、做法美、形式美、逻辑美和构思美等。很多班主任给学生讲学习重要性的时候讲得头头是道。但是到自己身上就不够注重学习了，很多班主任成天陷于事务性工作之中，久而久之，思想观念得不到更新，育人的方法比较老套，和学生的"代沟"不断拉大，亲和力大打折扣，很难做到"亲其师，信其道"。更谈不上做一个智慧型的班主任。

建议班主任有机会看看德国著名哲学家叔本华的《人生的智慧》一书，正是这本书使叔本华成为享誉世界的著名哲学家。抑或给自己订阅一份杂志，每天至少有一个小时的阅读时间，开始的时候强迫自己去阅读，坚持久了，习惯就会成为自然。班主任不要为自己没有阅读找各种借口。建议做一个研究型的班主任，把对学生的管理转变成对学生的研究，把自己多年的育人经验转变成教育的智慧，用艺术性的智慧来启迪学生的思维，唤起学生的良知，建构学生的思想。

教育是塑造灵魂的事业，需要智慧，更需要艺术。教育日新月异，永无止境，千教万教教人求真，千学万学学做真人。育人绝非一蹴而就的事情，班主任不应该高估了自己，低估了学生，就像牛顿绝不是他的老师教出来的一样。班主任的艺术性在于点燃学生求知的欲望，搭建学生表演的舞台，启迪学生的灵性。

教育，让"艺术"在这里美丽绽放！

（2015年元月15日写于金城兰州，兰州第六十一中学班主任论坛发表，此文2018年刊登于《尚善》杂志第三期）

教育情怀

1996年大学毕业，我怀揣着梦想来到了兰州第六十一中学，步上了三尺讲台，从事了这个太阳底下最光辉的事业，满怀信心要实现自己的人生价值。

这些年来，拖家带口、孝老抚幼、摸爬滚打地践行着自己的承诺。沐浴着党的教育事业的光辉，在阳光里成长，在汗水中收获。

回顾从教的日日夜夜，给我留下了太多美好的回忆，和一群天真无邪、渴望知识的孩子们在一起，促膝谈心，随兴趣之所至，时而评局，时而论书；时而品鉴人伦，时而剖析玄理。随意极致，那是何等的忘我。成天和年轻的心在一起，我感觉我很阳光，也更快乐，每每接到学子佳音捷报时，我一定是被高兴得和小孩子差不多了。回想驰骋在三尺讲台，品诗词歌赋，讲天文地理，悟人生哲理，任思绪在浩瀚的世界里自由翱翔，那种豪迈、飘逸、自由、洒脱，无不展示人性之美，体现人生价值的快感，让人陶醉其中。

从教十六载，十六载坚守，十六载劳作，流年似水，几多耕耘，几多收获。

随着年轮的增加，我对教师职业有了更深的感悟，教师是一个神圣的职业，他有着太多的内涵让我一生体悟不尽。梁启超曾说："凡职业没有不是神圣的，所以凡职业没有不是可敬的。"当你怀着一份美好的情怀去从事自己的职业时，单调的工作便可做到极致。多年来，对教育的理解和思考从未停止过，然而什么才是"最好的教育"？至今仍无定论。但是让我感受最真、最深的是爱心，是博爱，它是教师必备的情怀。蒙古族有一谚语说："爱自己孩子的是人，爱别人孩子的是神。"教育的神圣就在于要用人的心去抵达神的境界。爱一个好学生很容易，可是爱一个"双差"生则有些困难。闫桂珍常说："一个教师爱的最高境界是爱每一个学生，教师应该把爱传递给每一个学生。"爱心是成就教育事业的根基，要真正做学生的良师益友。

我带过的学生已经不计其数，每当学生回来看望我的时候，每当收到一条条充满感恩短信的时候，每当看到原来调皮捣蛋而现在脱胎换骨的学生感谢我的时候，每当他们在人生十字路口需要抉择而来电话征求我的意见的时候，我仿佛又回到当年的讲台上，感觉到自己的价值和师生间曾建立的无私信任，我自豪我所坚守的"用爱心浇铸每个心灵"这条教育信念的正确与伟大。我是一名平凡的、默默无闻的人民教师，然而此刻，我觉得我不平凡、不无闻，有好多人能够记得我、感谢我，这种满天桃李，足以让为师者的自豪幸福感油然而生。

在我生病的时候，学生们暖心窝地问寒问暖；在我过节日的时候，学生们的鲜花和祝福；在我嗓子沙哑的时候，学生们捧着一盒"金嗓子喉宝"。这难道只是我的学生吗？不，他们是我的孩子！

这，就是为师者的教育情怀吧！

做班主任工作是辛苦并快乐着的事情，我断断续续做了近十年的班主任工作，2008届11班，是兰州第六十一中学历史上第一个在数量上突破11的班级，我有幸成了这个班的班主任，两年的精心打造，学生的高考成绩和现在的发展都出乎我的意料，这种人人成才、个个感恩的现实，深深地打动着我，震撼着我，也在改变着我。曾经教育无望的问题学生，如今成为国家的栋梁，他们一次次地来探望我，那种感恩的虔诚，真让人不得不反思教育的本性和无穷魅力。赠人玫瑰则手留余香，不管他是好学生，还是问题学生，只要你真正给他爱，他一定会感受得到。班主任是学校工作落实的最后一个环节，一定要做到精细化管理，用淡泊的心境，宁静致远，以生为本，接受学生个性差异，使他们学有所得，日有所进，这就是真实的、最好的教育。"一花独放不是春，百花齐放春满园"，要真正做到全面育人。班主任工作是塑造"心灵"的工程，必须求真务实，不做表面文章，班级管理切忌走两个极端：一是粗放式管理；二是婆婆妈妈的保姆式管理。要给学生张扬个性

第二辑　浓墨育人心

的空间。

班主任工作需要高度的责任感和事业心。教师工作千头万绪，大至家事国事天下事，小至扫地关窗擦黑板，事事操心，时时尽心，不得有半点儿马虎松懈。面对学生、家长和社会，我们真正感觉到肩上责任的重大。北京大学中文系古代文学教研室教授、博士生导师孟二冬老师，面孔瘦削，但目光炯炯有神；嗓音沙哑，但话语却掷地有声。一年之中经受了三次大手术的折磨，仍顽强地与癌症做着斗争。不计名利，一心扑在教书育人和科研岗位上，给学生上完最后一节课后跌倒在讲台上，他用自己的生命阐释了教师职业的伟大。

当然，我不太赞成教师这样做，我希望教师要有一种乐业的情怀。教育是唤醒、激励、对话，是教学相长，是生命的和谐，是心灵的共鸣；教育是阳光的、是美好的、是快乐的、是诗意的，而不是沉重的、晦涩的、无奈的、伤痕累累的。"智者乐水，仁者乐山"，我喜欢教师"学会工作，学会生活；享受工作，享受生活"，这也是我的老校长一直提倡的生活方式。教育不是牺牲，而是享受；教育不是复制，而是创造；教育不是谋生的手段，而是生活的本身。新时期的人民教师，要不断读书、学习，进行教育科学研究，做专家型、学者型、专业型的人民教师。中国科技界"三钱"之一、中国近代力学、应用数学的奠基人之一的钱伟长说："你不上课，就不是老师；你不搞科研，就不是好老师。教学是必要条件，而不是充分条件，充分条件是科研。"因此，应该爱教育，钻教育，研究教育。教师只有从内心爱上这份职业，理解这份职业，真正学会干这份职业，那时候，你才不会叫苦叫累，才会享受教育的快乐，感受生命的精彩。

这种"境界"，抑或"修养"的土壤是学习、是读书。从实践中吸取养分，从书本中增加能量，取其精华，古为今用，洋为中用，博采众长，慧眼识英雄。它是这份职业长久不衰，富有生命力的源泉，是根本。

教师要有一颗"仁慈"的心。要始终坚守那份善良的"宽容"，面对天真活泼、纯洁烂漫的孩子们，定要信奉哲人的信诺：天空收容每一片云彩，不论其美丑，故天空广阔无比；高山收容每一块岩石，不论其大小，故高山雄伟壮观；大海收容每一朵浪花，不论其清浊，故大海浩瀚无比。这样一颗心，是在无数次的教育实践和心与心的不断碰撞中磨炼而成的，面对孩子们犯的错误，能用一颗平静的心态去对待，甚至高兴地发现自己获得了新的教育"机会"和"突破口"。孩子成长中的错误，就像庄稼地里的杂草，就像大树上的杈枝，正因为它的存在，给我们提供了这份鲜活的"职业"，让我们的工作如此伟大。

景耀勇老师在主持"甘青宁地区'新高考'背景下的命题研究与备考策略"论坛大会

　　教师要有梦想，梦想有多远，实践就有多深；思想有多厚，步伐就有多快。

　　古希腊哲学家和教育家苏格拉底曾经说："未经审视的人生，是没有价值的人生。"回顾从教的16年，我在教育中探索，在探索中发展，虽然已经取得了一些教育科学成绩，获得了一些教育科研成果，颇有点"破茧化蝶"的成就感，但是，我始终没有忘记读书、学习和教育科学研究；没有忘记总结、反思自己的教育实践；没有忘记创新自己的教学设计、案例分析和教学反思。学习让我明白了，作为一名教师，要甘为人梯、乐于奉献、静下心来教书、潜下心来育人；反思让我找到了差距，成为激励我不断奋斗的精神动

第二辑　浓墨育人心

力，"爱岗敬业、孜孜以求"的教育信念，促我奋进，催我成长。

人生的选择是在不断变化的，小的时候，期待长大；长大后，期待成功；成功后，期待归真。我们对教育事业的选择和对教书育人的理解，会随着自己教育阅历的不断深入而更规律化、科学化，会真正领悟到教育的真谛，慢慢融化育人的自然本性，做到按客观规律依法从教、科学治教，不断追求更新的卓越。

教育，是一种悲壮的坚守。自古为师者大都甘愿清贫，"自命清高"，三尺讲台，演绎人生，自得其乐。新时期教师更应该能耐得住寂寞，安心做学问，潜心来育人，这是一种淡泊明志的师者情怀。

"活到老，学到老"，对教育教学的不断总结和反思，会使我们的灵魂得到一次次升华，在讨论学习中提高认识，在实践活动中促进发展，更新观念、提高素质、规范行为、提高质量、展示师者风采。用自己的实际行动，打造自己的高尚师德，用爱、执着、无私和忠诚铸就自己的师魂，让学生满意、家长满意、社会满意，这是新时期一名优秀人民教师的情怀。

"路漫漫其修远兮，吾将上下而求索"。坚守住道德和良知的底线，堂堂正正做一名优秀而光荣的新时期人民教师，是我一直追求和为之奋斗的职业目标。

这，也许就是我的"教育情怀"吧！

（2012年10月写于金城兰州景耀勇名师工作室，此文刊登于2014年《兰州第六十一中学教师教育理想与叙事》文集）

对教育的执着

2015年12月26日，我在金城兰州举办的"北京通州和甘肃兰州两地名师高级研修班"上，听取了赵谦翔老师的报告，让我对自己所从事的教育事业更增添了一份敬重，坚定了一份执着。

赵谦翔老师67岁仍然站在三尺讲台上，白发苍苍依然坚持做着班主任工作，他那一份对教育事业的无限执着，深深地感动着与会的每一位名师。他从一个普通的高中毕业下乡知青成长为一名国内知名的语文特级教师、教育改革家，他的奋斗历程给予我们教师的专业发展以深刻的启发，他敬业、创业、乐业的职业精神和"绿色语文"的教育理念无不感染着会场的每一位听众。

回忆自己学教、从教的经历，虽然也一直在坚持着，但与赵谦翔老师相比，不能说有差距，准确地说是天壤之别，愧疚之余，带给我更多的是动力和信心。

1988年初中毕业，我选择了教师这个专业，从此与教育结缘。我是当年上小中专的那批学生，初中学习最好的学生都被层层选拔考小中专，那时的小中专很是厉害，是又红又专多面手，琴棋书画、吹拉弹唱样样精通，工作又是包分配的，在农村人们的心目中，那是一个人成功跳出"农门"的捷径，比现在考个名牌大学影响深远得多。1988年考入庆阳师范学校，4年后又以优异的成绩被保送进入西北师范大学继续学习4年。因此，我的"学教"是8年，为我以后顺利从事教育事业奠定了扎实的专业基本功。1996年大学毕业，我作为优秀大学毕业生和学校团委组织部部长、政法系团总支副书记（书记由老师兼任），本有被省委组织部调干，或者选择留校等多种就业渠道，但是最后阴差阳错地从事了中学教育教学工作，直至今日。

从教至今已经20个年头了，对于教师这个职业从来没有后悔过。最初的5年是学着做教育，带着高中的政治课，兼着初中的班主任工作，一带就是3年。那时结婚，带孩子，父亲离世，照顾母亲，匆匆忙忙，偶尔做点儿教育研究，仿佛初出茅庐，羞涩得很。

2000年，我的论文《教师怎样提高自控能力》发表在《中国教育研究论坛》，论文《"厚"与"薄" "活"与"死"——政治高考复习方法指导之断想》发表在《21世纪教育改革与发展文献》。那个时候中学一般不要求做课题，因此，对教育教学实践得多，研究得少，仿佛一切都很陌生。我第一次做班主任时工作方式方法简单粗暴，但是和学生的感情很深，虽然初中3年没有完全带完，但是在初三离开班主任工作岗位的时候，买了厚厚的50余本硬皮笔记本，熬了一夜写了对每个学生的寄语留言，至今历历在目，从未忘记，过了二十余年仍然叫得清楚那一届的学生名字。

2001年被破格评上中学一级教师，那个时候一级教师非常难评，何况我又是带副科的教师。记得当时学校还有已经工作十来年的教师没有被评上一级的，我是幸运者。在接下来的几年里，国家进行新一轮课程改革，在学校领导的关心和帮助下，我又于2002年捡起了自己的老本行，开始了已停止6年的行政工作，担任高中年级主任，那年我32岁。

8年师范生活，做了太多的行政工作，也耽误了我太多太多的专业深造机会，选择了教育教学工作后，本以为从此应该与行政无缘，怎料天公造化。既然学校领导看重，当时自己又年轻，说干就干，便一门心思又做起了学校的行政工作。年级主任是个不大不小的"官"，开始时上传下达的工作多一些，随着学校实行"扁平化管理模式"，年级主任的责任变多了，当时一个年级300多名学生，20多位教师，后来发展到一个年级600多名学生，30多位教师，年级主任全面负责年级的教育教学工作，压力大，责任重，一直干到2013年，圆满地送走了3届高中毕业生。

在这11年里，我对教育的认识和理解可以明显地划分成两个阶段。一是从2002年到2009年，也是我从教职称的中级阶段。这期间忙于行政性事务和重复性的教学工作，当着年级主任兼着班主任，带着3个高三文科班的政治教学工作，有过一周28节课的历史记录，一个字"忙"。但是我年轻，我没有什么感觉就挺过来了，2005年获得了兰州石化公司首届（"两兰"合并）"劳动模范"光荣称号。那时一门心思只想把年级带好，把学生成绩带出来。初生牛犊不怕虎，团结年级一帮人，人心齐，泰山移。2008届高三，兰州市第六十一中学历史上第一个11班，这个班北大、清华均有学生考入，算我的一个小小的辉煌吧。

2006年，是我申报高级职称的时候了，我盘点了自己的教育教学业绩，发现这几年忙于行政事务，荒废了专业研究。除了作为参编出版了几本甘肃省义务教育阶段的地方性课程之外，其他专业研究成绩平平，我拿什么来申报呢？2009年在学校的努力下，争取了一次评审的机会，我总算如期通过。2009年接教育局通知申报市区级骨干教师时，我发现自己连区级骨干教师都不是，无法申报市级骨干教师。经历这些之后，我深深地反思自己教育教学的轨迹，从教十余年，个人的专业发展几乎止步不前，我感觉自己已经和别人的差距拉得很大了。

我对教育的认识和理解的第二个阶段是从2010年到2013年，这是我从教高级职称的初始阶段，可以说是调整自己，卧薪尝胆、奋发图强的3年。2011年我担任年级主任，创造学校历史最好成绩，当时高考成绩进入全省前百名人数和600分以上人数以及重点率、二本率等四项指标再度使兰州市第六十一中学位居市属中学第一名，当年北大、清华均有学生考入。不甘寂寞者，要耐住寂寞。2010年我开始埋头钻研教材教法，认真研磨高考试题，积极撰写教育教学论文，广泛投稿问路。2011年发表了7篇论文，并有论文获奖。2012年发表论文5篇，课题结题2项，编著个人专著《春华秋实》一书。2013年发表论文6篇，获奖论文3篇，主持甘肃省省级课题结题1项。

十年磨一剑，经过自己3年的不懈努力，2011年通过考核、讲课、评审，顺利成长为兰州市市级骨干教师，2012年获辽宁教育出版社"优秀副主编"称号，2013年被兰州市委、市政府授予兰州市"金城名师"光荣称号，并成功建立了"兰州市景耀勇高中政治名师工作室"，担任工作室领衔名师。至此，完成了从一名普普通通的教师成长为骨干和名师的教育历程。但是，教育永远在路上，和赵谦翔老师的特级教师、全国模范教师、"全国十杰中小学中青年教师"、享受国务院政府特殊津贴专家相比，真是小巫见大巫。和赵谦翔老师孜孜以求、对教育的执着和热爱相比，我自愧不如。虽然我现在小有成就，比起几年前的我应该说成功了不少，进步也很大。但是和赵谦翔老师的教育人生和默默无闻的奉献精神相比，我这点儿根本算不了什么，他退休之后仍然坚持在他所热爱的教育岗位上，生命不息，奋斗不止，我想，我的教育之路还很长，很长……至少现在不是谈什么时候退休、摆什么成绩的时候，而是应该研究怎样沿着自己当初选择的教育之路向前走的问题，我一定要遵循教育的动力，奋发有为，阔步向前。

2013年9月，由于学校工作的调整，我离开了苦心经营11年的年级主任工作，来到学生处担任副主任职务。有了前面成长过程的经验教训，我想在行政工作和专业发展上齐头并进。然而，哪有那么好的事情，一边被庞杂的行政事务所累，永远有干不完的差事；同时兼着高中政治教学任务，成绩是学生、家长和学校所盼，是学校的生命线，是绝对马虎不得的事；另一边还肩负"兰州市名师工作室"的任务，需要创造性地开展活动，培养兰州市学科青年教师的成长，参与兰州市学科教育教学事务。自己没有"三头六臂"，也没有"分身术"，真正要同时兼顾下来，而且做好做出成绩谈何容易，好在有赵谦翔、丁榕和其他教育名师时不时地给我充电，让我自信，给我动力。2014年在甘肃省农业大学礼堂听了丁榕老师的报告，让我的心情久久不能平静，我感动，我敬佩。现在又听了赵谦翔老师的精彩报告，又使我燃起了继续奋斗的决心。虽然工作又苦又累，但是如果我们能够调整好自己的心态，像赵老师一样"敬业、创业、乐业"，我相信一定是"痛，并快乐着；忙，并幸福着！"

2014年我继续着自己的追求，在学校成功举办了校园艺术节、歌咏比赛和家长学校教育培训报告会，效果明显，成绩突出，深受学生家长欢迎。发表论文3篇，出版个人专著《教科研之路》一书，国家"十二五"重点课题子课题立项，被中国教育学会聘为会员和"特约观察员"。

信念是人的精神支柱，是精神之"钙"，如同灯塔，指明人们前进的方向。2015年我积极参加各种教育活动，主编的校本课程《高中综合实践活动》获兰州市第二届全市中小学校本教材评比二等奖，论文《幸福，是一种心态》《做一个有故事的教师》先后发表在《中学政治教学参考》杂志。
2015年我被评为甘肃省省级骨干教师，参与甘肃省第三届"陇原名师"评选
活动，经历现场做课、讲课、答辩和材料审核等诸多环节，虽然最终结果不
尽如人意，但是也让我明白了自己存在的不足和今后努力的方向。做一名教
师容易，做一名名师不易，在参加"北京通州和甘肃兰州两地名师高级研修
班"活动中，大家都有此共识，赵谦翔老师总结成"敬业是基准线，创业是
生命线，乐业是幸福线"。正如乔布斯说的那样，你的工作将会成为你生命
中的一个重要部分，唯一可以让你真正快乐的方法是去做你认为伟大的工
作，而唯一能够做出伟大成就的方法是热爱所做的工作。如果你现在还没有
找到自己喜欢做什么，那么就继续找，不要停下来。我非常幸运，因为我在
很早的时候就找到了我真爱的东西，现在只需要坚持做下去。

　　我现在已经进入四十不惑之年，借用赵谦翔老师的话："弹指一挥杏
坛志，春秋漫漫二十载，桃李纷纷难数清，安居乐业度此生。顾影自问余何
物？憔悴形容两袖风。"

　　思想最重要，教育思想也不例外。人们常说："思想"决定"思路"，
"思路"决定"出路"。教育不是短平快产品，办教育绝对不能急功近利。
我一直坚持学校必须坚持依法治校、规范办学，坚持科研兴校、名师促名校
的发展思路。复杂的东西简单做，就是专家。简单的东西重复做，就是行
家。重复的东西用心做，就是赢家。教育教学事业永无止境，我们只要无
愧我心，凭着自己的良心和对教育事业的执着，坚持做着每一天的事情，
做好每一天的事情，做成每一天的事情，积少成多，就一定是成功，犹是
欣慰。

　　我要对教育说："你已经成为我生命的重要组成部分，我人生的历史因
你而精彩，我庆幸一生有你相伴，执子偕老，永不言败。"

兰州市第六十一中学新区分校大门景观

［注：兰州市第六十一中学的前身是兰州化学工业公司中小学总校第一中学（简称兰化一中）。2012年，为响应兰州省委、省政府一体化办学"名校办分校"扩大高中优质教育资源的号召，在兰州新区建设了兰州市第六十一中学新区分校。］

（2016年元月写于金城兰州西固城）

选择无悔人生

生活中，我们时常会面临着选择，站在待选择的十字路口，由此会产生各种各样的烦恼、困惑和迷茫。判断与选择是我们人生不可回避的课题，它无处不在，如人为什么活着、人活着的意义，等等。其实，这些问题归根到底都是一个人的价值观问题，选择是一种方向，是人生前进的脚步，是我们人生旅途的必由之路。

20年前，我中等师范即将毕业，校长叫我到办公室，说我按照学校推荐保送条件，有资格被保送上大学，如果不想去，就换成下一个同学，我当时激动得一口答应了。可是事后我非常痛苦，父母年纪很大了，供我上这四年学已经非常不容易，我怎么跟父母说这件事。但结果是通情达理的父母完全支持了我，给我的人生提供了一个更高的深造平台，他们用晚年的幸福，圆了我自己多年梦寐以求的大学梦。现在，父母虽然早已经撒手人寰，但至今想起来仍让我惭愧于怀。

十七年前，我大学毕业，读研究生是无论如何不敢选择了，我选择了参加工作。一天，系主任叫我们几个学生干部到办公室，郑重地问我们省委组织部调干的事，名额是两个，按照综合素质排序，我是第二个，第一个同学思索了一会儿说不去，我也不假思索地说自己放弃。从此，我就从事了人民教师这个神圣职业至今。

每当夜深人静的时候，自己脑海里时常会浮现出走过的一些重要的人生十字路口，回味曾经的选择，的确会让自己颇有一番感慨，对或错，不得而知，但至少无愧人生。价值观是人们对事物价值的根本观点和总的看法，人的一切行为都是在思想意识的支配下发生的，一个人走什么样的人生道路，选择什么样的生活方式，无不受到自己价值观的影响。我在那个时候，人生价值观是受到影响的，八年师范生活，八年学生干部经历，忙碌的事务性工作经常让我忘却自己，让我放弃了自己很多很多的个人爱好与特长，当时的想法就是找一个地方，在那里无拘无束地展现自己的才华，咏诗赏词，写书临画，挥墨逸闲，独自清欢。从此，我便和教育结下了不解之缘。

人生就是选择，价值观是人生的航标，寻找正确的价值观，就是寻找人生的真谛。回味历史，"自古英雄出少年"就是在崇高理想、远大志向、勤奋进取精神的影响下出现的，而自私自利、贪图享受、消极悲观思想则会导致"一失足成千古恨"的悲剧。因此，不同的人生价值观，决定了人们面对义与利、生与死的不同选择，决定了人们不同的幸福观、家庭观、恋爱观和择业观。生与死，人生之大选择，然面对生死，文天祥"人生自古谁无死，留取丹心照汗青"；林则徐"苟利国家生死以，岂因祸福避趋之"。他们不约而同选择舍生取义，何等高尚的人生选择。

著名诗人臧克家在诗中说："有的人活着，他已经死了；有的人死了，他还活着。有的人骑在人民头上：'呵，我多伟大！'有的人俯下身子给人民当牛马。有的人，他活着别人就不能活；有的人，他活着为了多数人更好地活。"同样对人生选择，意义相差甚远。

我选择做人民教师，我就选择了无悔，当时同学们不理解，其实，我是最清楚的。选择了人民教师，就选择了不一样的人生，经过了"饿其体肤，劳其筋骨"般的磨炼，我捡到了我人生的第一桶金，我看到了不一样的风景，收获了不一样的心情和财富。我热爱教育，更爱我的学生，他们是我人生幸福和实现人生价值的源泉，他们给我力量，催我奋进，我现在的成就，无不与他们息息相关。

"盖文王拘而演《周易》；仲尼厄而作《春秋》；屈原放逐，乃赋《离骚》；左丘失明，厥有《国语》；孙子膑脚，《兵法》修列；不韦迁蜀，世传《吕览》。"他们在极度困难面前，依然对自我做出了正确的人生选择，为人类留下了宝贵的精神财富，不得不让人敬重。

选择是变化的，小的时候，期待长大；长大后，期待成功；成功后，期待归真。选择也需要舍弃与满足，欲望有时就像藏在心灵深处的一把尖刀，如果觉得所得已经成为我们生活的累赘和包袱时，何不给自己来一次大选择，留一些有用的，弃一些尘埃，给心一个清新的空间。虽然人生是短暂的，但是人生的价值却是永恒的，我们应该抓住今天，不忘昨天，创造明天，践行社会主义核心价值体系，铸就无愧时代的辉煌。

选择人民教师，我无悔的人生！

（2012年11月写于金城兰州西固城）

"文化"经营之道

什么是"文化"？

爱默生认为，"文化是开启了对美的感知"；区文伟认为，"文化来源于人，也服务于人"；《老子》中说，"文者圣说之理，化者育明之归"。《说文解字》称："文"，本义指各色交错的纹理，引申为美、善、德行之义；"化"，本义为改易、生成、造化，指事物形态或性质的改变，引申为教行迁善之义。因此，"文化"的本义就是"以文教化"。

现在人们普遍认为，"文化"是指广泛的知识面与根植于内心的修养。笼统地说，"文化"是凝结在物质之中又游离于物质之外的，是能够被传承的历史、地理、风土人情、传统习俗、生活方式、文学艺术、行为规范、思维方式、价值观念等意识形态。文化不是学历，也不是经历，更不是阅历，而是道德，是哲学，是生命，是灵魂，是软生产力，是教导人做人的文化，其本质是教化育人。

何为"班级文化"？

所谓"班级文化"是指班级物质层面的物态文化、制度层面的制度文化和师生心理层面的心态文化在班级个体身上的体现。其中心态文化是班级文化的核心，属于真、善、美的范畴，是全班师生在社会意识活动中孕育出来的价值观念、审美情趣、思维方式、行为习惯等主观因素，相当于通常所说的班级精神文化，是班级全体成员的精神之魂。

班级文化是在全体班级成员共同努力的基础上形成的，同时对全体成员具有潜移默化的影响。人是文化的主体，班级不同，文化不同；文化不同，班风、学分就不同。无论是班级的显性文化，还是隐性文化，都对班级成员有着深远持久的影响。班主任是班级文化的引领者，在班级文化的形成和培养中功不可没；班主任是班级文化的顶层设计者，如何高屋建瓴、科学合理地设计班级文化，倡导健康有益、积极进取的正向文化，形成符合班级实际、与时俱进的主流文化，是班主任班级"文化"的经营之道。

我平时在与优秀班主任交流经验时，总能听到不同风格、感人肺腑的班级经营之术，其间无不渗透着浓浓的班主任管理艺术和班级"文化"经营之道。一是他们都在用智慧开启学生的心智，形成启智文化；二是他们都在用民主平等打通沟通的桥梁，形成对话文化；三是他们都在用和谐融洽打牢求知的基石，形成氛围文化；四是他们都在用思维探究提升学生的能力，形成活动文化；五是他们都在用严格有序保障学生的发展，形成机制文化；他们都在用"心"经营自己的班级，用"情"感化自己的学生，用"文化"潜移默化地帮助学生成长。可见，"文化"在班主任的班级经营中作用巨大。

班级文化渗透在班级生活的点点滴滴之中，弥漫在班级的各个角落，时时撞击着学生的心灵。干净的教室不是打扫出来的，而是保持出来的，保持和养成良好的卫生习惯既是一种素养，也是一种文化；随手不经意地捡起地上的一片废纸，那既是一种文化，也是一种"美"。苏霍姆林斯基曾经说过，要使教室的每一面墙壁都具有教育的作用，重视教室的布置，讲究座位的排列和公物的摆放；注重班旗、班歌、班徽、班训的特色文化；制订一系列班级规章、制度、公约和纪律条例等制度文化；形成精神风貌、价值观念、作风态度等精神文化。班主任一个眼神，学生心领神会，学生一个举动，班主任心照不宣，这也是一种班级文化；班级"事事有人做，人人有事做"也是一种班级文化……

不同班级有不同的文化，不同的班主任也有不同的文化。但是，班级文化最终都要服从于学校整体文化，服从于国家大文化，形成"班班有特色，班班新文化"的班级建设格局。班级文化包括目标文化、礼仪文化、制度文化、窗门文化、励志文化、桌角文化、活动文化、服饰文化、处世文化、管理文化……

班风、学风是班级文化的集中体现。一个积极健康、阳光和谐的班风和一个自由竞争、公平勤奋的学风的形成，一定是在优秀班级文化的熏陶下形成的，而这种良好的班级风格和班级风气，是班级对外的"形象大使"，是日积月累慢慢形成的。

班主任的领导方式、管理艺术和自身素质是班风、学风形成的主因。如果班主任能够采用民主、参与式的领导方式，有科学、人性化的管理艺术，有研究型、专家型的品质素养，班级学生必定积极向上，阳光有为；学生必定思想活跃，敢作敢当，有责任意识；学生必定思维开放，有主人翁意识；学生之间必定会形成在合作中竞争，在竞争中合作的良好学风和竞争意识。如果一个班主任自私自利、斤斤计较、啰啰唆唆、婆婆妈妈，学生必然受到影响，做事也学会讨价还价，缺少大气谦和的"善"文化。

班级文化的内化过程十分重要。现实生活中，很多班级的文化制度都很健全，但是基本停留在纸质层面和班主任层面，学生内化不够，甚至有的学生不知道，制度不是从学生中来，到学生中去。因此，班级文化的生成、学习、执行和检查落实必须常抓不懈，时时渗透到班级教育的每个环节，落实在一言一行中。班主任的率先垂范作用要强，"己所不欲，勿施于人"，给学生留下一个"制度管人"的深刻印象，不要让学生形成给班主任做事的意识，留下"人治"的影子，要逐步提高学生的权利和义务意识，做班级的主人，让学生敢于担当，做新时期的有为青年。

管理的最低层次是责骂人，当你山穷水尽时，你必然会怒火中烧，火冒三丈。然而当你火冒三丈时能够控制自己的情绪，巧妙地育人，则个人的修养会更高一筹。经常听到学生说"怕老师骂"，班主任要学会"批评"的艺术，让"班级文化"出来管理人，约束人，多在"班级文化"上做文章，提高班级管理的艺术性。因此，班级"文化"经营之道就在于用看得见、摸得着的显性文化和看不见、感受得到的隐性文化，让学生耳濡目染，耳熟能详，认同并内化为处世的态度和终身的一种习惯。

"文化"就是能够主动捡起地上的纸屑，爱护身边的花草树木，与同学说话和风细雨、谦让有加，教室安静祥和，上下楼梯有序，操场树荫下琅琅读书，校园师生相互问好、礼貌先行。因此，"文化"不是什么深奥不可捉摸的东西，它就在你我身边，就在我们的一言一行之中。

班主任一定要研究教育，懂管理。因此，班主任要高度重视班级全体成员的群体意识、舆论风气、价值取向、审美观念、制度文化和精神风貌的积极反映，要弘扬正向思维，坚持班级正能量，要通过长期不懈的耐心教育，凭借着自身大气谦和、与人为善的育人胸怀，不急功近利，用心经营自己的班级文化。

兰州市第六十一中学新区分校校园景观

［注：兰州市第六十一中学（兰化一中）新区分校是建在全国第五个、西北第一个国家级新区——兰州新区秦王川盆地上，分校按照"一轴三区"结构布局，占地面积166000平方米，建筑面积87450平方米，办学规模为60个教学班，学生3000人，是一所全寄宿制省级示范高级中学。］

（2014年元月15日写于金城兰州，兰州第六十一中学班主任论坛发表）

"教育"经营之道

百度百科中解释教育为"教化培育，教化于人"。即以现有的经验、学识推敲于人，为其解释各种现象、问题或行为。

中外的教育家、思想家和大师们对"教育"都有着自己的看法：鲁迅"教育是要立人"；蔡元培"教育是帮助被教育的人，给他们能发展自己的能力，完成他的人格，于人类文化上能尽一分子的责任，不是把被教育的人造成一种特别器具"；陶行知"教育是依据生活、为了生活的'生活教育'"；黄全愈认为，教育"重要的不是往车上装货，而是向油箱注油"；钟启泉"教育是奠定'学生发展'与'人格成长'的基础"；秦文君"教育应是一扇门，推开它，满是阳光和鲜花，它能给小孩子带来自信、快乐"。

纵观形形色色的教育，我认为，"教"就是明事理，"育"就是通世道。教育"教"在前，"育"在后，意为先教后育，教育相长。教师是引领者，组织者，在每项活动之前，教师应该先"教"，讲明活动的来龙去脉，让学生明白活动的背景、目标、过程和预期的结果，让学生有针对性地主动参加活动，创造性地发展活动，至少要做到让学生明白为什么要做这件事情。

班主任工作也不例外。现实生活中，班主任们往往简单于"上传下达"，学校怎么布置，就怎么传达，只是要求学生如何去做，往往不讲学校为什么开展这项活动，只看结果，不注重过程，学生只是被动地去参加，就会出现消极怠工的现象，出现完成任务即可的思想，没有真正达到教育的目的。建议班主任一定要在每项活动开展之前：首先，自己要弄懂活动的意义和要实现的目标，打算通过这件事情培养学生的什么能力和素质；其次，一定要告诉学生活动的缘由，并指导性地说明如何进行活动和活动过程中要注意的问题；最后，让学生自主性地开展活动，一定要给学生留有思考和创造性活动的空间，让学生带着"问题"去做，切记要求学生必须按照自己事先设计好的"路径"去做，让活动适当带有"挑战性"。活动结束后，让学生自己总结活动过程和目标的完成情况，进行交流分享，提升活动质量，达到育人的目的。

我经常带学生去做社会实践，就有学生问我："为啥要来这里实践？"带学生参观高校校史博物馆，学生也问我："社会实践为什么要看这些？"组织学生进行"假面真人秀"活动，学生问我："这与心理健康有什么关系？"组织学生学雷锋大扫除，学生只知道按照班主任的要求"各扫门前雪"，倒垃圾的同学经常把垃圾遗落在别人的卫生区，也不捡起，认为这不是自己的卫生区域，等等。如此种种现象，说明班主任在活动之前没有进行系统的活动意义的讲解和说明，学生是不知道劳动是培养自己的劳动习惯和创造性劳动的能力，是自我身心健康发展所必需的，因此往往都是盲目的，为完成劳动任务而劳动。

例如，对大扫除活动的意义认识，学生们大都认为校园卫生不干净需要大扫除，有的学生直言不讳地告诉我："上边要来检查了吧？"只有极少数学生告诉我是为了锻炼自己，培养自己热爱劳动的良好习惯和善于动手的能力。因此，我就在反思我们每次组织活动，都事前组织班主任进行了学习培训，要求班主任利用班课时间进行活动的教育和活动安排，难道班主任只进行"怎样做"教育而没有讲清楚"为什么"这样活动吗？在实际调查中验证了这是事实。班主任在组织活动时往往只注重于对活动的安排布置，而且越优秀的班主任安排得越具体，越有经验的班主任安排得越到位。因此，班主任的教育之道，一定要"教"在前，宣传理解在前，预防教育在前。

"教育"经营之道的秘诀在于恰当地处理好"教"和"育"的辩证关系。不要一味地"教"，也不可一味地"育"，什么时候先教后育，什么时候先育后教，什么时候教育结合，在思维领域是有先后顺序的，做对了会事半功倍，做反了则事与愿违。

教育是感化、唤醒，真的需要晓之以理，动之以情。

（2016年元月12日写于金城兰州，兰州第六十一中学班主任论坛发表）

第二辑　浓墨育人心

不忘初心共成长

　　蝴蝶效应：20世纪70年代，美国一个名叫洛伦兹的气象学家在解释空气系统理论时说，一只亚马孙雨林的蝴蝶，偶尔扇动几下翅膀，也许两周后就会引起美国得克萨斯州的一场龙卷风。蝴蝶效应是说，在普遍联系着的世界里，任何微妙的变化，如果经过不断放大，都可能会引起未来状态的巨大变化。尤其在互联网时代，世界联系越来越紧密，蝴蝶效应更是明显。

——引子

　　作为兰州市"金城名师"已经有些年头了，每每回想起初出茅庐时的情景，仍然心有戚戚。记得在参加市教育局举办的名师答辩会上，名师们滔滔不绝地陈述，专家们鞭辟入里、精彩纷呈的点评，至今印象深刻。我在工作室成立启动仪式上慷慨激昂、言辞凿凿地表态，领导、专家殷切的期盼和谆谆教诲至今记忆犹新，想当年挥斥方遒，意气风发，不待扬鞭自奋蹄的精神，现在仍然意犹未尽。

　　庆幸能有这样一份美好的邂逅，来释怀对教育事业的一往情深。经过这些年的且行且思、辛勤耕耘、默默付出、大胆创新、勤于笔耕，让我对教育这片沃土爱得如此深沉。在工作室的"平台"上工作，如给名师们插上了翱翔蓝天的翅膀，踏上工作室的"高铁"，发挥"蝴蝶效应"，推动教育教学事业蓬勃发展。

一、"名师"凭借工作室平台，正在以一股强大的正能量发挥着"蝴蝶效应"

"名师工作室"最初源于艺术创作和对新秀的培养，后来被高校教师培养所借鉴，现在逐渐延伸到基础教育领域，它已经成为当前教师队伍建设中的一个热门话题，成为青年教师专业化成长的路径之一。由于教育行政部门的介入，使"名师工作室"更具有影响力和感召力，在"名师"的示范、辐射、引领和带动下，一批批中青年骨干教师脱颖而出，有力地促进了教育均衡化和教师专业化发展，"名师工作室"这一新生事物的无穷魅力，已经被全国各地教育行政部门充分认识，正在逐步发酵并被广泛推广使用。

通过"名师工作室"这一平台，助力"名师"效应，辐射带动学科教学和教育科研向纵深发展。一方面，"名师"借助这一平台，可以尽情地去展示自己精湛的教学工作能力，先进的教育思想理念，专家型的教育研究眼光，为人师表的示范性和影响力，带动和辐射"名师工作室"的全体成员，发扬团队精神，聚焦课堂，提高成员的教育教学水平，使他们尽快成长为教学骨干，让"名师"的正能量尽情发挥；另一方面，青年教师可以借助"名师工作室"平台，学习更先进的教育教学理念、方法和教育手段，分享"名师"的教育成果和经验，开阔眼界，共享资源，使中青年教师学习成长的途径由原来的"独木桥"变成了"立交桥"，从而将自己的专业化成长引入了"动车时代"，进入了"快车道"，实现自己专业的跨越式发展。

二、"名师"被尊重和认可，激发出强大的价值实现感，发挥着"蝴蝶效应"

兰州市"金城名师"经过基层推荐、初步遴选、综合评审、网上投票和现场答辩等环节，让社会公众关注"名师"，监督"名师"。在"名师"答辩会上，"名师"们心灵交流，智慧碰撞，学术研讨，热情高涨；专家们高屋建瓴，耐心指导，启人深思；教育行政部门领导的高度认可和殷切期盼，点燃了"名师"们的激情，启迪了他们的智慧和价值感，唤醒了他们曾经的理想和对教育事业的憧憬，使"名师"们消除了职业倦怠，不忘初心，满腔热情地贡献自己的智慧，实现自己的教育梦想。老子曰："合抱之木，生于毫末；九层之台，起于累土；千里之行，始于足下。"答辩会就是开端，就是起点，"依托学校，放眼全市"，金城的名师们将从这里启航，去建设一个个科研性团队，实践性团队，促进中青年教师快速成为骨干，走向卓越。

通过"送教下校"和支教等活动，以点带面，示范辐射周边和农村偏远薄弱学校，推广"名师""名校"的优秀做法和教育教学经验，建立对口联谊支教和教师培训长效机制，成立每年高考前的"名师"小分队，专家"宣讲团"，工作室集体出智慧，专人到成员所在学校或其他兄弟学校，对教师进行集中"高考重点难点热点"和当年"备考复习策略"等方面的培训，充分发挥名师的"蝴蝶效应"，助推中小学基础教育教师队伍建设，让"名师"资源共享，发挥"涌泉"效应。

三、"名师"独特的教科研模式，示范辐射中青年教师发挥着"蝴蝶效应"

"名师是写出来的"，这虽然是一句调侃的话，但是它确实也反映出名师要具有一定的写作能力和独特的教科研能力。做课题，搞研究，勤反思，常写作是名师成长发展的一般规律，名师通过成长发展形成良好习惯，以榜样的力量示范、辐射中青年教师，快速成为研究型、专家型的骨干教师，成为领域内的名师，发挥"名师"的"蝴蝶效应"。

（一）以"课题"为载体

"名师工作室"要以工作室专长为基础，以工作室成员集体智慧为依托，针对教育教学实践中的重点、难点和热点问题进行专题研究，有针对性、选择性地申报成立课题，以课题的形式解决教育教学中遇到的棘手问题，做学者型教师。工作室鼓励成员人人有课题，人人参与课题，培养青年教师的问题意识和研究能力，促使工作室成员向专家型、骨干型、研究型教师发展。

（二）以"网站"为平台

建立工作室网站，推广优秀教育教学科研成果"辐射"。建立网络论坛、资源库、试题库，开设个人日志、博客、在线讨论，以互动的形式与广大教师交流教育教学信息，传播先进教育理念。设立课题研究、论文与反思、教学设计、名师论坛等栏目，向社会及时介绍、推广工作室的教育教学研究成果，促进青年教师之间的交流合作。借助微信、QQ等互联网平台，与全国名师、专家互动交流，分享经验，传播信息，互通有无，营造良好的网络学习环境和教科研学术氛围，借力发挥名师"蝴蝶效应"。

四、"名师"鲜明的教育教学风格，引领青年教师发挥着"蝴蝶效应"

"名师工作室"是以教师专业能力建设为核心，以中青年骨干教师培养培训为重点，整合资源、高端引领、团队培养、整体提升，努力建设一支师德高尚、业务精湛、配置合理、充满活力的高素质名师队伍。通过教育行政部门的科学引导，创新教科研模式，创设有效的活动途径，发挥"名师"鲜明的教育教学风格，带动青年教师快速成长。

（一）以"教学"为抓手

工作室要立足课堂，以"高效教学，道德课堂"为目标，建立"课堂会诊"制度。积极开展课堂诊断、问题研究、考试研究、专题讲座、读书交流、观摩考察等活动，鼓励、指导工作室成员参加片区教研活动，主动承担各级各类的"公开课""示范课"和"同课异构"，积极参加教学新秀评选，"一师一优课，一课一名师"等教学比赛活动，组织各种形式的高考研究，挖掘、优化教学资源，拓宽教学渠道，打造精品课堂，提高教学效率，促进青年教师专业化发展。

（二）以"制度"为保障

工作室建立"会议制度""学习制度""工作制度""考核制度""激励制度""档案管理制度""经费使用制度"等，建立工作室成员"导师制"，形成师徒帮带制度。建立工作室成员培养发展考核跟踪管理机制，形成个人汇报、成员交流、名师指导、资源共享的良好制度机制，让制度规范行为，让机制激发动力，发挥"名师"示范、引领、辐射作用。

五、"名师工作室"科学滚动机制，成为涌动名师骨干的"泉眼"

"名师工作室"的组建特征应该呈现层次性，包括领衔名师、专家团队、核心成员、培养对象，科学组建学科教师成员团队。工作室成员的组织特点应该注意层次性、区域性、松散性和辐射性。照顾到不同地区、不同层次、不同特点的教师，有条件的还可以聘请一些专家作为工作室的顾问。随着工作室研究活动的持续展开，其效应必将被不断扩大，从而产生辐射，让机制建设成为"未来名师孵化地"，让"名师工作室"成为一块试验田，在这里播下种子，便可以使大批的中青年教师从此生根发芽，走向未来。

工作室的研究要草根化、行动化。即从学校、教师、学生、教育教学实践中的"问题"入手，然后在教育教学实践中寻找答案、解决问题，并及时在教育教学行动中实践、检验、推广研究成果。因此，"名师工作室"一定要立足于"基层"，植根于"一线"，"联村联户"，精准扶贫，接地气，用名师的工作作风、教学风格、人格魅力辐射带动青年教师快速成长。

工作室建立科学滚动机制，全面培养，重点推出，坚持中青年教师发展一批、成熟一批、推出一批的工作方针，让更多的中青年教师快速成长为学科的名师骨干，让"名师工作室"成为一线教师最渴望的"加油站"和成长空间。

"名师"带动名校，"名师"带动骨干，全面培养，层层联动，重点推出，培养名师后备梯队。"一个人的心有多远，他才能走多远"，立足教育教学实践，聚焦课堂，通过"名师"引领、实践反思、团队合作，加快优秀教师的发展，积极探索科学高效的优秀人才成长培养机制，进而培养出一批有教育思想、教学风格和教育情怀的学科领军人物和优秀骨干教师队伍，为实现中华儿女千百年来的"教育梦"而努力。

（2016年11月写于兰州景耀勇名师工作室，此文发表于2017年《中华校园》杂志4月刊，总第17期。）

行走在江浙教改的路上

相逢是首歌，同行你和我；江浙是教改的帆，我们是同行的船。你曾对我说，相逢是首歌。眼睛是春天的海，青春是绿色的河。心儿是永远的琴弦，坚定也执着……

坐在回兰州的K1040次列车的车厢里，和着北去列车沉甸甸的轰隆声，我心里一直在默默地吟唱着在高研班最后一次小组主持时大家共同唱的那首歌，心情还停留在专家意味深长的话语中，伴着车轮滚动的和弦，遥相呼应。

"老牛车"啊！你为什么行走得如此沉重，三十几个小时的艰难爬行，是对江浙的留恋不舍，还是对教育大师们渊博雄厚才识的念念不忘，抑或是因为你承载着百余名名师江浙课改的行囊，太沉、太沉！

2017年10月22日，我们一行趁着夜色，踏上南下的列车，带着"八个一"的问题和使命，沿着新教改的声音，探寻"核心素养落地的着力点"。十余天的集中学习、高端论事、参观访学、收获颇多。

一、领导嘱托"鼓人心"，思想引领"记方向"

领导对我说：人民教育出版社郭戈书记专程赶到会场，为我们分享了学生的"学习好、研究好、活动好"和教师的"工作好、研究好、运动好"的教育新思想新观点，鼓励我们刻苦学习，争做优秀名师、专家型学者。

兰州市教育局局长南战军指出了名师成长之道，金城名师应该更加有担当、有教育情怀、有使命感、有责任感、有成为教育家的追求。分享了好课堂的五个标准"发于心，正于理，变于术，始于行，成于恒"，高屋建瓴，非常精辟。

兰州市成人教育中心（兰州市职业教育中心）副主任李国春提出"三个改变"和"四个着力点"。即方法、内容、空间的改变和平台、资源、提升、收获四个着力点，对此次研修活动充满期待。

兰州市教育局师资处处长王富军提出对高研班"高"的五点理解：一是专家强，二是团队强，三是课程新，四是理念新，五是提升快。要求学员按照"八个一"的问题导向，认真学习，深刻领会，学以致用。

面对领导的谆谆教导和殷切期盼，作为第一小组组长的我，深感肩上担子的沉重：既要带好组内12位名师、骨干，争做优秀小组，也要从思想上高度重视，勤修内功，处处做好表率。因此，11场报告之前，我都要坚持做最充分的预习，带着思考进会场，带着问题听报告，报告期间积极参与互动发言，点课评课，课后踊跃参与平台交流分享，让智慧随时碰撞，让思想及时交融。

在领导的嘱托和关心下，相信这次名师发展学校研修活动，必将在我们坚守"术"的自然和"道"的自信中，幻化为成就兰州教育发展的新引擎。

二、专家思想"启智慧"，创新方法"拨千斤"

专家对我说：桑新民教授的"太极学堂"是师生互补，教学相长，课堂互动交流和学生潜心学习的结合，课堂上老师教和学生学双向提升的过程，是对传统课堂的一次革命。它"翻转"了课堂，把时间还给学生，把方法教给学生，重视学生学习动力的激活，重视学生学习能力的提升。将"讲堂"变"学堂"，被动变主动，学生站台前，教师立旁边，学生尽情说，教师认真听。诚如桑教授所言，在互联网学习新时空下，我们每个人都是学习者。在前行路上，我们求师问道，求师旨在问道、悟道，得道则在于超越眼前和世俗功利的宁静致远。"太极学堂"尽显魅力，任务驱动人人参与，交流碰撞智慧分享，同伴互助抱团成长。这也许就是"太极学堂"的魅力所在。桑教授是一位认真的人，一个充满热情的人，一个有方法的人，一个负责任的人。他会前、会中、会后都亲力亲为，布置任务，让学员带着问题听，带着任务学。而且讲座形式灵活，新颖活泼，这种作风、这种精神值得我们敬重和学习。

"请你不要告诉我，让我先试一试""能不能做得到，试试就知道"。83岁高龄的邱学华老师，用铿锵有力的声音为我们做了三个多小时的报告，精神抖擞，底气十足。邱老师60年来研究的"尝试教学法"直截了当，直击主题，让学生先学后教，教学相长，既解放教师，又自由学生，将课堂真正还给学生，提高课堂的实效性。邱老师年轻时生活困顿，早年辍学，因一个偶然的机会得以成为数学代课教师。他牢牢地抓住了这个"救命稻草"，在一个名不见经传的山村学校奠定了自己从教的基础，经过66年不断的探索与实践、坚守与执着，"尝试教学法"闻名于世。他心怀理想，以苦为乐，执着前行，令人敬佩！这就是教育家的教育情怀。

怀有浓浓乡音的赵志毅教授，用自己独有的风趣幽默的语言，让我们的思想再次激荡在会场的上空，产生共鸣。王理校长的STEM教育既是一种教育理念，也是一种学习方式，它将科学探究过程和工程设计过程有机整合，实现跨学科、超学科整合，聚焦真实问题，强调探究合作学习。张丰老师校本研修的事件嬗变、吕华荣老师小课题研究是教师二次成长的有效途径等，都充分证明了江浙地区人杰地灵，名流荟萃，教育大家辈出。

西子佳丽多，创新才子俊。在美丽的江南水乡绍兴，一场报告，能够引发大家有不同角度、不同领域的思考，触动人心，诱发反思，足矣。

回兰州后的好长一段时间，心情一直不能平静，我想我们应该反思的地方很多。但是有一点是最根本的，就是自己想不想发展自己，自己能不能发展自己，自己愿不愿坚持发展自己。人，苟有恒，何必三更眠五更起；最无益，只怕一日曝十日寒。

三、同行互助"撞灵性"，交流分享"共成长"

七里河教研室王伟福班长说：7天时间，11位大师级专家学者，11场高质量报告，信息量大、内容丰富，具有前沿性、引领性、启迪性、实践性、指导性。和120位金城名师一起学习，辛苦却快乐着。有句话说得好，旅行最重要的意义不是去哪里，而是和谁一起去。我想说，学习最重要的意义不仅在于学到了多少，关键是看和谁一起学习。7天来，课堂上留下了我们专注的目光、热烈的讨论、精彩的点评；餐桌也变成了我们交流思想、探讨观点的场所；微信、QQ群里，金城名师或吟诗抒怀、或发表真知灼见；凌晨半夜，手机传来的嘀嘀声，不是腾讯公司的叫醒服务，而是金城名师热情的学习召唤。120位金城名师，个个身怀绝技，个个都是行家里手，大家用行动证明卓越教师强大的学习力，和这样的团队一起学习，过程就是最大的学习资源，套用一句时髦词：春风十里，不如有你。

兰州四中张改相老师"莫道人生无再少，会当击水三千里"将我们引向"少年不识愁滋味"的懵懂。虽然到知天命之年，然老骥伏枥，志在千里，83岁高龄的邱学华老师，声若洪钟，用60年不懈的实践启迪我们，好老师首先要学会吃苦；赵志毅教授那一声亲切的"兰州的亲戚们你们好"的问候，激起了我们学习的热情；桑新民教授精心准备、现场互动，用实际行动阐释了何为学者风范，他们都到了耄耋之年，仍然奋战在教育前线，我们还有何畏言！

是啊！同行的思想、灵性被点点滴滴的瞬间碰撞和点燃，他们发自肺腑的吟诵、抒怀，间接地感染和感动着我们身边的每一个人。他们有直驳论证者、有感叹抒怀者，也有即兴作诗者，名师们在用自己不同的方式表达着相同的教育情怀！和他们在一起，本身就是一种学习，抑或成为自己暗自效仿的榜样，追随的"明星"。威·亚历山大说过："命令只能指挥人，榜样却能吸引人。"这也许就是"同伴互助"的作用吧！

四、江浙教改"领航帆"，我辈巧借"东风船"

浙江、上海作为此轮教改的试点省份，涌现出很多教改的实践者和探索者。他们经过3年的大胆设想，广泛调查，积极实践，深刻反思，对新一轮教改提出了很多建设性的意见和建议，为推动全国新教改提供了模板和方向。我们向先进学习，借鉴经验，扬长避短，目的是做好兰州的教育，做好自己学校的教改，更重要的是做好自己学科核心素养的落地生根。

课堂是教育的重点，是教改的难点，也是教改的希望。2017年11月10日，"基于核心素养下的高中思想政治课堂教学"名师大讲堂活动，是开启"课堂教学改革"的汽笛，既然扬帆起航，就该一往无前。

课堂变"学堂"，课堂变"书院"都是我们不断探索尝试的做法，基于学生发展核心素养下的课堂教学模式必然对传统课堂教学模式提出挑战。我们一定要在"互联网+"背景下，开启高中课堂教学的新模式，巧借"互联网+"时代的先进技术、丰富资源、灵活空间，开展多样化的课堂。让跨界学习、定制学习、规模学习成为课堂学习的主流，知识就是互联网，而非教师，让教师成为价值引领、思维启迪、品格塑造者成为现实。

　　行走在江浙教改的路上，我们一路思量：勾践复国卧薪尝胆，兰亭修禊羲之集序，鲁迅故里民族脊梁，元培修学学界泰斗，恩来书院文韬武略；一个人，一座城，一方水土，一方文化。

　　从百草园到三味书屋，从江南水乡到北国草原，风情各异，教育情怀永驻！我们定会将学习所得，付诸行动，提升兰州教育教学新品质，不忘初心，砥砺前行。

（2017年11月写于兰州第六十一中学）

心随平野阔

教育扶贫是全面建成小康社会、全面打赢脱贫攻坚战的重要组成部分。作为思想政治理论课名师，帮扶送教就是要将党的教育方针、先进的教育理念和最新的教学方法带进农村薄弱学校。通过名师示范引领、指导带动和现身说法，开阔师生政治视野，创新师生思维方式，增强师生文化自信，引领思政学科建设，建立"点对点"的精准帮扶，推进教育均衡发展。

吹面不寒杨柳风，夏雨无伤荷蕊雨。2020年5月26日，"兰州市金城名师教育扶贫进农村学校送教送研送培活动"在悠悠细雨中拉开了帷幕。

5月28日，我们七里河区扶贫小组一行12人，在兰州市教育局和七里河区教育局的精心组织下，驱车前往距兰州市20千米的阿干镇中心校、兰州市第六十八中学进行义务教育阶段的教育精准式扶贫。

清晨，沿着蜿蜒曲折的山路，在雨后温暖阳光的抚慰下，途经八里窑，穿越崖头村，过了花寨子，来到烂泥沟，在蜿蜒曲折的大山深处，依山而立，坐落着美丽的兰州市第六十八中学。一到学校，就在早已于学校门口等候多时的杨积强校长热情周到的安排下，金城名师们马上各就各位，就各学科开展了公开课前的微训、研讨交流。

其间，走廊里随处能够听到孩子们清脆悦耳的琅琅读书声，偶尔传来一两声高亢刺耳的"喊读"声，好像压抑很久，要爆发、要冲破、要跳出的感觉。教师当得时间久了，便理解了孩子们，这也许就是"恰同学少年"的豪气与野性，我想此刻的他们，血管是膨胀的，血液是沸腾的，张扬着自己的个性，有种想冲出深山的呐喊。

9点55分，我开始为教师们展示公开课，当走进八年级二班的教室时，立刻响起热烈的掌声，看到孩子们天真烂漫，率真可爱，又充满好奇的眼神，仿佛想起了30多年前自己上中学时的情景，一个个昨日发生的故事就像一张张鲜活的图片展现在眼前。我能理解他们对知识的渴求和对外面世界的好奇，他们渴望走出去，用知识改变自己的命运。

我要给孩子们讲授的内容：人教版《道德与法治》八年级下册第六课第三框《国家行政机关》。在一个个"问题驱动"下，循循善诱，听孩子们的回应，一一进行点评，紧紧抓住每一个孩子的思维，启发他们的智慧，引导他们从身边的具体小事中感受政府的作为、国家的关怀，体会国家的惠民政策，开阔孩子们的政治视野，内化"治贫先治愚，扶贫先扶智"的教育扶贫目标。

阳光透过树梢，穿过窗户，射在孩子们的课桌上，一张张红扑扑的小脸，灿烂而可爱。他们一个个瞪大了眼睛，跟着我的思路，齐刷刷地举着小手，都想跟我互动，说说他们的想法，这是我久违了的初中课堂，苦于时间太短，很快就下课了。我多想动员更多的孩子们初中毕业后，报考我们学校新区分校（省级示范性高中贫困县农村建档立卡户精准扶贫计划），能够亲自带领他们努力学习，改变贫困，走出大山，奔向小康。

课间，我专程找到了今年即将毕业的九年级的孩子们，询问他们这次兰州市一诊考试的成绩和他们准备选择报考的高中学校，给他们认真地做了志愿填报辅导，对能够考上省级示范性普通高中的几位同学，专门介绍了我校新区分校的"两免一补"政策，并赠送了一些相关的书籍、明信片等，孩子们很感激。

午间，在与杨校长的交谈中知道，留守儿童占的比例更大，这里还有为辍学而烦恼的事，等等，让人震惊。

这次教育扶贫活动是为落实中央省市教育扶贫相关要求，切实加强农村教师队伍建设，发挥金城名师优质资源辐射引领作用，精准帮扶乡村教师业务能力提升，根据兰州市教育局相关要求进行的教育精准扶贫活动。看着孩子们如饥似渴的求知欲望和急需提升自己专业能力的年轻老师们，我真正感受到了这项活动对农村薄弱学校师生成长的重要性和自己肩上沉甸甸的

第二辑 浓墨育人心

责任。

我们对这次教育扶贫采取精准式对接，导师制培养的方式。"点对点"量身定制，一校一案，一人一案，以1年左右为时限，制订扶持计划，为农村学校培育思政课"种子"教师，激发农村教师成长的内生动力。

我对接的是学校唯一一位专业思政课教师。他叫王强，是甘肃政法学院法律专业毕业的，从教十年，积极肯干，勤奋刻苦，在学校师生中的口碑很好，在交谈中能够感受得到他对自己专业成长的渴望。这次吸纳他参加到甘肃省思想政治理论课名师工作室，在更高的平台进行培养，争取在最短的时间内，通过名师引领、同伴互助、自身努力、团队打造，成长为学校乃至区域内能够独当一面，引领农村学校思政课教师队伍发展的"种子"教师，带动一方。

这次教育扶贫活动分为名师送教、指导教研、结对提升三个部分，每部分又分为准备、实践、总结三个环节，通过名师团队示范课、说课、评课、教研、培训、研讨，充分调动参训教师开展课堂研究的积极性和主动性。将"听课"变为"体验课堂"，将"评课"变为"研究课例"，将"现状诊断"变为"促进发展"，将"暂时结论"变为"后续行动"，深入推进农村学校课堂教学改革，真正实现优质、高效的课堂目标，引领思政课堂促改革。

我这次给教师们带来的微训主题是"农村初中《道德与法治》教学问题梳理与教学策略研究"。通过现场思政课教师的"自主合作探究"，让他们反思自己课堂教学中存在的问题和困惑，我们一起有针对性地建言献策，让培训更接地气，训有所获。同时，为思政课教师们介绍了目前最新的课改教育理念和"活动型课程""议题式教学"等前沿教学方法。

通过这次教育扶贫活动，让思政学科思想信仰如柳絮沾泥扎根发芽的定力，将"个例"变为"类型"，将"析法"变为"论理"，将"定音"变为"激思"，在农村薄弱学校撒下"蒲公英"的种子，让先进的教学方法和教育理念，成为催生农村学校教育科研能力，全面实现小康社会的新引擎。

石佛沟国家森林公园和云顶山景观

（注：兰州市第六十八中学位于兰州市七里河区阿干镇，是在大山深处著名的风景区石佛沟国家森林公园和云顶山下的一所九年义务教育学校。）

（2020年6月15日写于兰州新区兰州市第六十一中学新区分校）

再下江南寻师问道

2018年12月4日，我在江苏南京参加了人民教育出版社和兰州市教育局联合举办的第二届全国名师发展学校（第四期）兰州市金城名师、名班主任高研班，聆听了11位专家的精彩报告，启迪智慧、激励斗志、砥砺前行，是我教育人生的又一次充电。

一、活水源头下江南，问道金陵

氤氲笼罩着的南京，阴雨绵绵，寒气袭人，冰冷刺骨。但是丝毫没有抵挡住求学若渴的160名南下金陵寻找幸福教育的兰州学子们。在7天紧张的学习中收获了成尚荣老先生睿智的思维、矍铄的精神和风采不输当年的气概。年近八十岁的成老没有看一眼讲稿，没有打一下磕巴，名言警句信手拈来，为我们娓娓道来了名师成长的三个第一。即第一动力、第一专业和第一品质。名师风格是众多合唱声中领唱者的旋律。他热爱生活、热爱教育，永远保持一颗年轻的心成了我教育人生的源头活水。

幽默风趣、妙语连珠的郭文红老师，用典型的故事串联和印证了童年的遭遇会影响孩子一生的观点，分析细致深刻，唤醒了尘封多年的童年往事，点燃了用母爱教育孩子的冲动。她说，教育不仅需要爱和责任，更需要专业和智慧，错误的教育比不教育更可怕，让我们感受到了只有把"爱"给学生，当学生获得了快乐与幸福，作为班主任才会获得最大的幸福。爱与智慧成了做一名幸福班主任的源头活水。

二、他山之石去攻玉，借力发力

童年爱上一本书，拉开了儿童阅读的序幕。周益民老师用故事、儿童和作家的秘密，造梦课堂，推动"儿童悦读"。周老师用阅读提升自己的教育品质和语言表达能力，他用精髓的语言表达深刻的道理，把自己的思想、知识、技术、信念和情感，通过语言、表情淋漓尽致地表达出来，耐人寻味。他一生沉浸于书籍，带一身书香，眼里永远守望诗意的远方。我想周老师就是借阅读之力增强自己的教育内发力，他是借力发力的典范。

知识与修养是提升班主任核心素养的价值追求，齐学红教授系统的班主任理论学习意识和把自己的班级管理实践工作进行理论反思的意识，将班主任工作推向极致。我们不得不承认转变知识和修养在班主任成长过程中的重要性。班主任面对教育教学中不断出现的新问题、新情况，要具有从知识和修养的层面提出新思维、新思路、新方法的能力，要会用知识创造智慧，用修养产生魅力，促进教育教学方法的革新。我想齐老师就是借知识和修养之力促进自己班主任工作的教育影响力，他也是借力发力的典范。

三、江南一幅水墨画，情境教学

烟雨江南，小桥流水，朦胧古朴的水乡南京，素有"六朝古都、十朝都会"之称的金陵城，人杰地灵，教育大家云集，教育思想荟萃，这次培训大都是南京当地的专家，他们以自身的人格、学术、文化修养、职业道德等因素综合而成的精神影响着我们。让我们印象最深的是情境教学，授课专家都特别注重营造讲座的情境，注重身体力行、现身说法，能够引人入"境"，产生深刻的印象。其实情境教学来源于建构主义学习理论，认为"情境""协作""会话"和"意义建构"是学习环境中的四大要素，并把情境创设看作是教学设计的重要内容之一。这种教学设计能够利用丰富多彩的形式创设场景，激发起学生的学习兴趣和探索欲望，培养和提高了学生的创造性思维和独立思考的能力。正如江南烟雨楼台、雨巷小径，撑一把纸伞踏着清雅的宋词，扶一叶旗袍踩着幽怨的唐诗，源源而来的是汉关清月、廊桥遗梦，这种自然的胜景本身就是一种情境教学。授课专家们的侃侃而谈、娓娓道来更是一种情境教学的自然流露。难怪我们整天的静心聆听却没有一点儿倦意，晚上还精力充沛地投入激烈的讨论和承办简报的活动之中，沉浸在学习后的反思和心思自然流露的书写之中，意味犹尽。

四、榜样一语拨千斤，事半功倍

一襄烟雨孕江南，小桥流水荡舟还，怎叫我不忆江南！南京是国家重要的科教中心之一，自古以来就是一座崇文重教的城市，有"天下文枢""东南第一学"的美誉，明清时期中国一半以上的状元出自南京江南贡院。7天的学习培训，南京大咖们的谆谆教导、循循善诱和真知灼见，一语拨千斤，让我们重新扬起理想的风帆，从大处着眼，在细微处见精神。教育中那些不经意间的话语、小事，一次简短平和的谈话、一个举动、一个眼神、一个微笑，都饱含着浓浓真情，传递出教育的真爱。因此，教育人既要怀"仰望星空"之志，又要行"脚踏实地"之事。

听君一席话，胜读十年书。在诗情画意的江南水乡，大家畅谈教育，拨胸怀而坦之，畅哉！赏大咖之文韬武略，美哉！哲学家海德格尔曾说："人类诗意地栖居在地球上。"作为教育工作者，我们需要一只眼睛看现实，另一只眼睛遥望诗和远方；作为金城名师，我们需要"名"在教学，"名"在育人，"名"在思想上。一个人的事业可以做得很高，但一群人的事业可以做得很远，这也许就是诗和远方吧！

淅淅沥沥的阴雨缠绵了整个金陵，就像大咖们的教育思想缠绵了我的灵魂一样。回兰州后的一段时间里，一直走不出名师专家们的影子，反思我的课堂教学，倒看自己的育人理念，老是感觉格格不入，总觉得少了点儿什么，心神不宁，而今写了学习反思后，好像如释重负、如解胸积。教育事业任重道远，不要想得太多，只要心中的梦想不变，就不忘初心，义无反顾，彩虹总在风雨后。

守住教育，守住课堂，守住这份安宁，静待花开！

（2018年12月17日写于兰州新区兰州市第六十一中学新区分校，此文2019年刊登于《尚善》杂志第四期）

井冈山：永远的精神丰碑

久有凌云志，登上井冈山。千里来寻精神，恰似在人间。旌旗动，人心奋，精神震，信仰坚。二十三年过去，弹指一挥间，人民教育梦想还在路上。如何立足岗位做好金城名师？三尺讲台如何谱写首席专家华彩？我们在井冈山革命圣地得到了很好的答案。"红米饭、南瓜汤、挖野菜也当粮……"，在传唱弥久的歌谣中，把我们带入了中国第一个农村革命根据地、中国革命的摇篮、中华人民共和国的奠基石——井冈山。

井冈山留影

2019年7月14—20日，我有幸参加了兰州市委组织部举办的兰州市高层次人才"弘扬爱国奋斗精神、建功立业新时代"专题研修培训班。在为期一周的体验式、情境式教学活动中，洗礼了心灵，让情感得以升华；锤炼了党性，坚定了信仰。

坚定执着追理想。五指擎天秀井冈，险峰无限过黄洋。站在黄洋界哨口远眺，百里群山绵延起伏，绿色溢满山沟，绵延到天边，犹如跌进绿色的汪洋大海。毛主席那首气势磅礴的《西江月·井冈山》萦绕耳畔："黄洋界上炮声隆，报道敌军宵遁。"让人心绪难以平静，仿佛沟底峡谷杀声一片，沟上峰顶红旗正展。正如："山下旌旗在望，山头鼓角相闻。"远处茅坪八角楼上革命理想的旗帜正在阳光里随风飘扬，万绿丛中红星正亮。

作为共产党员、人民教师，学习井冈山精神，教好思想政治理论课，全面贯彻党的教育方针，解决好培养什么人、怎样培养人、为谁培养人这个根本问题，将共产党人坚定的理想信念坚持到底，用共产党人的理想信念培养德智体美劳全面发展的社会主义建设者和接班人，给学生心灵埋下真善美的种子，引导学生扣好人生第一粒扣子，做学生的人生导师和领路人。

实事求是闯新路。三湾改编新军制，军队纪律雷打石。一法分完旧疆地，洗心革面换天地。朱德挑粮军民情，实事求是闯新路。一个个故事、一幕幕情景，让我们真正地感受到什么是"信仰的力量"，什么是"敢于负责，勇敢担当"，什么是"克己奉公，无私奉献"，什么是"解放思想，实事求是"。毛泽东领导工农红军进入井冈山，躲过强大敌人的"围剿"，保存革命的火种，探索建立第一个农村革命根据地——井冈山革命根据地，这正是实事求是敢闯新路的真实写照。

中国特色社会主义如何实现，我国教育如何办出自己的特色，都需要我们这些教育界名师、专家发扬井冈山实事求是闯新路的敢为天下先的精神，充分发挥名师示范、引领、辐射和带动作用，唱响新一轮课程改革的主旋律，勇于实践，积极探索，真正践行习近平总书记要求的政治要强、情怀要深、思维要新、视野要广、自律要严、人格要正的"六要"思政课教师新标准，做人民满意的好教师。

艰苦奋斗攻难关。艰苦奋斗是党的优良传统，在井冈山革命斗争时期所形成的艰苦奋斗的宝贵革命精神，使我党攻克了一个又一个难关，走向胜利。"红米饭、南瓜汤、挖野菜也当粮……干稻草软又黄，金丝被盖身上……"，这就是井冈山军民艰苦奋斗的真实写照。在白色恐怖的岁月里，国民党对井冈山进行经济封锁，革命战士吃野菜，自力更生渡难关。当时小井红军医院没有盐，伤员伤口得不到清洗，多少人为之付出了年轻的生命。但是，井冈山军民再苦再累，精神在；再苦再累，信念在。

　　我们生活在和平年代，衣食无忧。但是这丰富的物质生活都是革命先烈们用自己的鲜血换来的，来之不易，应该倍加珍惜。作为教育工作者，我们一定要将井冈山艰苦奋斗的革命优良传统一代代传承下去。用此次震撼与沸腾的教育体验去教育自己所带的学生，坚持价值性和知识性相统一、理论性和实践性相统一、灌输性和启发性相统一、显性教育和隐性教育相统一，落地学科核心素养，强化政治认同，启迪学生思想情感。

黄洋界

　　依靠群众求胜利。人民群众是历史的主体和创造者，"水能载舟，亦能覆舟"，我们一定要相信群众，依靠群众，坚持从群众中来，到群众中去的工作方法。井冈山时期，毛泽东等老一辈无产阶级革命家，始终做到军民鱼水情。在朱德挑粮的小道上，一位当地老表为我们动情地唱着《红军阿哥慢慢走》，我们能感受到老乡与我们红军战士的那份浓浓的亲人般情感。在唱红歌的激情教学中，《十送红军》《映山红》《毛委员和我们在一起》等一首首红歌，唤醒了我们心底最敏感的触点，让我们无比激动，这比任何时候唱红歌都感人。

井冈山革命斗争历时两年零四个月，共牺牲红军4万多人，平均每天牺牲60多人，平均年龄在20多岁。这个数据让人心都流血，让我们真正知道了井冈山人民为中国革命做出多大的贡献、多大的牺牲，知道了井冈山为什么被誉为"革命的山、战斗的山、英雄的山、光荣的山、不朽的山……"。

我们这次参训的60多人，虽然来自不同的工作岗位，但都是岗位上的专家、工匠。我想，我们学习井冈山精神，就是要很好地服务于社会、服务于人民，依靠群众求胜利，这也是我们此行的最终目的。

短短的几天学习，锤炼党性，净化心灵，坚定信念，强化信仰，不忘初心，继续前进。回来后，我们一定要常反思：我们到井冈山学了些什么？带回来些什么？其实答案很清楚，就是要在我们心中树起一座丰碑，那就是井冈山精神。只要我们在平时的工作和生活中始终坚持：坚定执着追理想、实事求是闯新路、艰苦奋斗攻难关、依靠群众求胜利的井冈山精神，就没有干不好的事。

（2019年8月15日写于兰州新区兰州市第六十一中学新区分校景耀勇名师工作室）

第三辑

情趣纸上跃

　　人是自然人。与大自然零距离接触，观赏不同地方独特的风景，品味不同地方的美食，感受不同地方的文化，体验不同地方的民风民俗，考察不同地方的历史，感叹大自然的鬼斧神工，感悟生命的磅礴力量。

　　欧阳修说："无他术，唯勤读书而多为之，自工。"读万卷书，行万里路，自然阅历丰富，知识渊博，广知天文地理。游记是最好的整理旅途记忆、梳理旅行感受的方式，把散落在角落里的、还没有被忘却的、被风吹走的记忆片段捡回，把它们穿起来，留下一串浪漫的、耐人寻味的精神珠链。

泰山观日出

"泰山之阳，汶水西流；其阴，济水东流。阳谷皆入汶，阴谷皆入济。当其南北分者，古长城也。最高日观峰，在长城南十五里……"。

这是清代姚鼐在乾隆年间创作的著名散文《登泰山记》，曾选入中学语文课本，我对泰山的记忆是由此开始的。冯骥才先生的《挑山工》也加深了我对泰山的向往和崇敬。

2014年7月27日，我们一行五人来到泰安，满怀不登泰山非好汉之志，准备登泰山看日出。

登泰山常规有四条线路，我在来之前做了充分的功课。第一条线路是最"经典"的，从红门处徒步登山，称"中线"，是古老的传统线路，即岱庙—红门—岱顶；第二条线路是从天外村坐大巴到中天门，然后徒步登山，或者选坐缆车登顶，即大外村（天地广场）—环山路—竹林寺—黄溪河水库—中天门—南天门—玉皇顶；第三条线路是从西北桃花源入口，为环山公路，也可徒步爬山，即桃花峪入口—环山公路—彩石溪—赤鳞鱼保护区—桃花源索道—南天门—玉皇顶；第四条线路是从东北天烛峰，也就是后山登山。

由于怕登不上去，我们选择了第二条线路，准备凌晨1：30坐车。大家也许太累了，等我醒来时，已经1：28了，大家二话不说，跑步到天地广场购票。

排队坐车20分钟，在凌晨2：00我们坐上进山的大巴车，2：30我们到达中天门，开始登山。在茫茫人海中，什么也看不见，只是跟着人潮向上爬，时不时遇到气喘吁吁的游人坐在台阶上喘气，还有更甚者躺在台阶上休息；偶有美女手里提着高跟鞋，赤脚登山，还有几位中年妇女居然回归到人之初时，四肢着地向上爬，千姿百态，全然不顾美丑；男士们有扶着老人的，拖着孩子、爱人的，也有光着膀子的，时不时发现有在路旁拧着衣服上汗水的。我是属于走走停停、拉拉拽拽爱人的。

凌晨4：30我们爬到南天门。在出发的时候，有怕"恐高症"的；有怕"十八盘"的；有怕司机说的"70°"坡的；有怕山上"冷"需要军大衣的；还有怕山上一瓶矿泉水"15元"的……当大家一拥而上，奔向"玉皇顶""日观峰"的时候，冥冥中，大家什么都不怕了，被眼前的壮观震住了。

我们选择了较好的观日位置，最好的位置早就被人占满了，但是我们去的时间恰到好处，刚站稳几分钟，太阳就缓缓露脸了。

站在观日峰，举目四望，周围云雾环绕。联想到《孟子·尽心上》中"孔子登东山而小鲁，登泰山而小天下"，体会那种"小天下""临绝顶，一览众山小"的凌云壮志，颇有一种胸怀天下之豪情！

泰山景观

（注：图为泰山之巅的"日观峰"一角。此时是凌晨5：00，山顶已经是人山人海，热闹不已。"日观峰"位于玉皇顶东南，古称介丘岩，因可观日出而名。相传在峰巅西可望秦，南可望越，故又称秦观峰、越观峰。峰西侧为唐宋封禅故址。峰北有巨石横出，名拱北石，又名探海石。登临其上可尽赏旭日东升的壮丽场面，亦可晴览山色、阴观云海，是泰山上绝妙的观景胜地。）

第三辑　情趣纸上跃

"火球"跃出地平线的一刹那，整个山峰沸腾了，大家争先照相，有手捧太阳的、有亲吻太阳的，还有拥抱太阳的，人们不知道用什么样的姿态能够抒发自己此时的激动情感，也不知道能用什么样的方式留住这美好的瞬间。说句老实话，我观日出的时间还没有我看泰山之巅人群之壮观的时间长，在我拍的照片中，日出的照片绝对少于峰尖气势磅礴的人群。

当太阳露出了她圆圆的、红红的脸盘，光芒万丈，映红了天地江河、映红了山峰树木、映红了观日峰上的你我他……

我没有用过多的时间观日出，并不是说泰山日出不壮观。我虽然出生在天天可以看日出的大山之巅，但是相较于在泰山绝顶观日出，那气势、那色彩、那心境、那感觉都迥然不同。如果把我们家乡的日出比喻为温柔多情的少女，那么，在泰山观赏到的日出就是婀娜多姿的天仙，其美、其艳、其绝、其妙，你怎样形容都不过分。

爱人说能在泰山顶上看到日出为幸事，因为平时雾大，可能什么都看不到。

泰山是中国五岳之首，有"天下第一山"之称，被选为"中国十大名山"之首，名副其实。历代不少的君王及文人墨客都在泰山上留下过自己的诗文墨宝，给泰山之石赋予了灵魂，增添了灵性。在回宾馆的路上，才知道泰山石的奥妙，可惜为时已晚，只能留待日后。

出租车司机告诉我们，泰山有"三景"。即"日出""云海""雾淞"，我好像没有看到"雾淞"，但是爱人在微信里说她看到了"三景"，我想应该是太激动了，来到这被誉为"泰山北斗"的仙境，想象力怎能不比平时丰富呢？此时，谁还能说没有"灵感"、没有"创意"呢？我到底还是相信了爱人眼里的"雾淞"。

观完日出，我们直奔玉皇顶，参观了无数的石刻，目睹了"五岳独尊"的碑石，登临"古登封基"圣地泰山极地（海拔1545米），看泰山云海。穿过"天街"，来到南天门，俯视山下，十八盘，一千六百多级天梯，像一根古藤，曲曲折折，缠绕盘旋在山间，不禁让人倒吸一口凉气，昨晚是不是从这里爬上来的？爱人说如果在白天来她是绝对不可能爬上来的，我暗自庆幸自己决策的英明。

沿着南天门的石阶，我们一路走，一路看，一路感慨！看到"十八盘"的陡险，想到冯骥才先生的《挑山工》，想到帝王圣君们登山时的情形，还有谁人能说"见了泰山不低头"呢？

中华大地何等神奇，湖南的南岳衡山，陕西的西岳华山，山西的北岳恒山，河南的中岳嵩山，都有其独特的一面。而位于山东的东岳泰山，因其气势之磅礴，在远古时代就已经成为东方文化的重要发祥地，泰山南麓的大汶口文化，北麓的龙山文化遗存也反映出早期黄河流域氏族部落的活动状况。

泰山崛起于华北平原之东，凌驾于齐鲁平原之上，西靠源远流长的黄河，东临烟波浩渺的大海，南有汶、淮、泗之水，与丘陵、平原相对高差1300米，形成强烈的对比，因而在人的视觉上显得格外高大。因此，泰山成为"五岳之尊"，被人神供奉。

天下第一山——泰山

（注：素有五岳之首"天下第一山"的泰山一直有"五岳独尊"的美誉。自秦始皇封禅泰山后，历朝历代帝王不断在泰山封禅和祭祀，并且在泰山上下建庙塑神，刻石题字。）

"上山容易，下山难。"我到现在还在怀疑这句话。

下山路上，我几乎是一路小跑，我总结的经验是一次下两个台阶，省时省力。上山用了四五个小时，下山却用了不到两个小时，我已经从玉皇顶，经南天门、中天门，到达红门，穿越了整条传统意义上的登泰山线路。为了等爱人，我在红门处品尝了泰山"女儿红"，聊了齐鲁文化，回忆着泰山碑刻，想象历代君王到泰山封禅刻石立碑之盛景，感慨颇多。据记载，秦汉以前，就有72位君王到泰山封神。秦始皇、秦二世、汉武帝、汉光武帝、汉章帝、汉安帝、隋文帝、唐高宗、武则天、唐玄宗、宋真宗、清帝康熙、乾隆等古代君王接踵到泰山封禅祭祀，刻石记功，自秦汉至明清，君王到泰山封禅27次。泰山堪称中华五千年历史长卷的缩影。

我们聆听路旁游人细说着泰山，曲尽其妙地描述着泰山"十八盘"的险境，连同石阶多少都叙述得绘声绘色，好像真的亲自数过一样。我也仿佛身陷其中，回味着南天门的三个"十八盘"，自开山至龙门为"慢十八"，再至升仙坊为"不紧不慢又十八"，又至南天门为"紧十八"，共计1630余阶。爬山时没有注意，现在在游人们的阔谈中，对泰山有了更深层次的理解。

这次登泰山观日出，虽然没有赏尽泰山四大奇观："泰山日出""云海玉盘""晚霞夕照""黄河金带"，但是亲临泰山绝顶，领悟孔圣人之绝句，感悟君王之诚心，博大人之情怀，不虚此行。

来齐鲁，游泉城济南，览蓬莱仙境，赏崂山秀色，观烟威昔煌，谒曲阜孔圣，登东岳泰山，饱饮情趣，感叹大自然鬼斧神工之造化，又厚重了人生之阅历，何乐而不为！

（2014年8月1日写于黄河之畔，兰州市第六十一中学，2018年1月，此文发表在《中华散文精粹》一书）

登九州台

2012年11月25日，星期日，我和妻子登九州台。

九州台，兰州北面山麓的最高点，海拔2067米，巍峨俊秀，峰顶似台、平坦如砥，登高远眺，九曲黄河，兰州市容，一览无余。传说五帝之大禹导河积山，路过兰州登临此台，眺望黄河水情，制订治水方案，并在台上将天下分为九州，故得名九州台。

山不在高，有仙则名，九州台因禹而得名。

我登九州台的想法由来已久，只是苦于九州台被众山环绕，要登临颇费周折，好多人也不识其庐山真面目，想法也就被搁浅了。我到兰州上学、工作已有二十余年，曾天天抬头凝望九州台，却一直没能登上去过。随着罗九公路的建成，九州台开始走向寻常百姓人家，骑友们常常眉飞色舞地描绘着这人间仙境似的九州台，勾起了我一定要亲登临以观之的决心。

雪后的兰州空气清新，阳光普照着银白的大地，万里风和，和爱人在滨河路"遛车"，车在高速路上漫无目的地驰骋，也许因天公作美，我突发灵感，决定登九州台。

沿洄水湾，进入罗九公路，弯弯曲曲的盘山路，180度的急转弯，让人提心吊胆，偶尔有三三两两的人在悠闲地踱步，观景兼锻炼，颇有一番情趣。车开到半山腰时，由于路窄、坡陡、雪滑，路被封了。于是，我们便下了车，这才发现，坐落在半山腰里的兰州国学馆、文溯阁，建筑浑厚凝重、古色古香，好多人都是走到这里，便从此绕道向白塔山后山下山，原因是从这半山腰再到九州台还有相当长的盘山路，路陡、坡急、海拔高，人们不愿上去。我不由得敬佩起大禹来，在那个年代，他老人家又是如何上得此山啊！

停好车，继续往上走，路变得窄了许多，偶尔有一两处茶园，也是门扉半掩，颇有些荒野茅庐、游离世外之感。踩着厚厚的积雪，格外小心，唯恐那"咯吱咯吱"的声响，惊醒了茅庐深处酣睡的小狗，惊扰了那茅屋里的梦中人，让清净纯净的心扉重染尘埃，那可罪责不轻。在崎岖盘旋的山路间，偶然遇到一两对情侣姗姗而至，格外亲切，透过山脉林间的缺口，遥见黄河蜿蜒而来，似大地间的一条玉带，飘飘然；又似一条巨龙，自天而降，一泻千里，昏昏然，岂不壮观！俯观兰州城，大片楼宇如玉帝天宫，在一川云雾中若隐若现，恰似人间仙境，确有大气磅礴之势。遥看对面巍峨的皋兰山，竖立于天地之间，顶天立地，与似天际般雄浑静卧的关山山脉，遥遥相对，交相辉映；大河中流，远上白云间，蔚为壮观；正对面狗娃山上红军将士浴血奋战的呐喊声震耳欲聋，保卫黄河，保卫兰州，一个个烈士奋勇杀敌的场景在云雾深处忽隐忽现，兰州竟然这般人杰地灵。

这山围川，川育河，河绕山，相濡以沫，天公做伴，岂不妙哉。

登至九州台顶，但见一望平台，矗立于万山之巅，一脉延至尽头，三面万丈悬崖，真乃"会当凌绝顶，一览众山小"，此处眺观九曲黄河，一览无余。上至西固岸门，东到青白石出口，绵延60余里，顺河上观，真乃"黄河之水天上来"，顺河而下，滔滔河水奔流直下，真真切切"奔流到海不复还"。黄河母亲像一条玉带镶裹在天地间，顺川而下，穿城而过，系在儿女的肚脐上，孕育着生命，滋润着子民们健康快乐成长。

伫立在巍峨山巅，天风浩浩，万籁有声，顶天立地，乾坤人间，心胸豁然。观远山峨峨，仿佛霍大将军挥鞭饮马五泉旁；皋兰山巍峨雄壮，似巨龙俯卧伏龙坪上，低头畅饮黄河水；看近山峁林苍翠，沟壑纵横，雪域茫茫，似巨龙利爪伏于下；俯览山底黄河相伴，抚岸而过，文庙、碑林、国学馆绣于其间，似孔孟圣人仰观我何，难怪五帝禹王登此封江，孙中山先生提议在此建造中国"陆都塔"。

我在此足足站立一个时辰，任思绪自由驰骋，眼前总是隐隐约约浮现祖国的浩瀚版图，浮现大禹在此指点九州（冀、兖、青、徐、扬、荆、豫、梁、雍）的高迈豪气。

今夕是何年，我欲乘风东去，唯恐词穷句尽！

高处不胜寒，只是在人间。回过神来，发现自己竟然像是一尊怪物，伫立雪中，一动不动，远远听到妻子在"宇宙"的那头呼喊我的名字，是那么的遥不可及。原来，妻子已经游完台上仅有的一处茶社、一处建筑群在到处找我。举目细望，其余空旷无物，本以为在台上必有塑像、牌坊之类的标志性建筑，至少应该有大禹的纪念物，可是没有，在这样一个具有深厚历史文化底蕴的地方，居然没有任何标志，难免让人匪夷所思、怅然不已。

怀着别样的心情下山，总觉得我们愧对这见证历史沧桑的九州台，世事纷扰，我们让您沉寂了这么久，没有能留下您半点儿的华章，但您没有一点儿怨言，仍然忠诚地守护着这一方山水。其实，您什么都知道，您就是不说，也没有必要说，您像一位年代久远的长者，用自己的无限宽容呵护着您的儿女们茁壮成长，您足矣！

长河落日

（注：图为黄河穿过金城兰州安宁、七里河段。冬日黄昏，寒风凛冽，伫立雪中，从九州台之巅俯览兰州黄河日暮西下之盛景。九州台是一座典型的黄土邙阶地高山，海拔2067米，峰顶似台，平坦如砥，略呈长形。东接城关，西起安宁，与皋兰山相对峙，形成两山夹黄河，拱抱兰州城之势。）

（2012年隆冬写于金城兰州市第六十一中学，此文发表于《中华散文精粹》一书，并获《中华散文精粹》征文一等奖）

第三辑 情趣纸上跃

畅游天赐温泉

"噫吁嚱，危乎高哉！蜀道之难，难于上青天！"

李白一声回荡千年的长叹《蜀道难》将我引向一千多年前的三国时期，一道剑门关，一部三国史，在这里曾留下多少帝王将相的浩叹，也燃尽了多少军营叠垒的狼烟。

2014年8月11日，我怀着一颗崇敬的心，瞻仰了这咽喉通道、兵家关隘，欣赏了鬼斧神工的天人杰作，聆听了历代名家留下的千古绝唱，感悟导游的"潼关有土无石，剑门有石无土，山是一块巨石，石是一座大山"霸气豪作。

剑门关

（注：图为"剑门关"，世称天险，"一夫当关，万夫莫开"，位于剑阁县境内，集雄、奇、幽、秀的自然风光于一体，汇汉、唐、宋、明、清诗人于一地。剑门关前山雄奇古劲，石梯依山傍崖步入云端，悬崖峭壁乱石嶙峋。后山却是松翠蓊郁、幽静雅致，古松漫山遍野，苍翠绵延，被誉为世界奇观、蜀道灵魂的翠云廊，翠屏峰秀美幽深，山路曲折蜿蜒，荡舟湖间，别有韵味情趣。）

天赐温泉就坐落在剑门山下清江河边的县城内，距绵广高速公路剑门关站500米，毗邻剑门关、翠云长廊。我们畅游了剑门关，带着一身疲惫和倦意，来到天赐温泉驱疲解困，找寻当年帝王贵妃沐浴的行迹。

　　名山孕仙，仙气升华，产生灵性。天赐温泉是聚神山仙气，孕大地精华，仰名将相帝，融英雄血泪、染妾妻姬妃于一体的纯天然露天温泉，历史悠久，故事颇多，令人神往。

　　我们迫不及待地办完手续，步入园内，雾气氤氲，树影横斜，确有相见瑶池甚晚之感。池水没过腰部，泉水中夹杂着硫黄的气味，温滑清澈，跃入池中，顿觉神清气爽，犹如情人的香吻一样温柔细腻，闭目养神，尽情享受大自然给予我们的切肤之感。

　　山孕水，水养山，剑门山孕育了一股温柔细腻、滑脂洗凝的汤池热水。天赐温泉有大大小小数十个汤池，散落在广场上、树林间，有高温泡池、中温泳池、男女裸汤池、沙石浴池、人工沙滩、木桶浴和功能各异的小泡池，每个泉水温度各异，适合于不同人群。

　　泡在林间汤池中，闭目养神，闻薰衣草的花香，听池中嬉闹声，想自己的心事，缓缓吸吐几口气息释放身心，瞬间有张继"只今惟有温泉水，呜咽声中感慨多"之感慨。

　　天赐温泉是以温泉为主题、生态园林艺术为烘托的4A级旅游区，融山、石、林、瀑、花、草于一园，集温泉洗浴、度假酒店、休闲娱乐、保健养生、休闲垂钓于一体，移步换景，美不胜收。温泉园区设鱼疗浴、石板浴、矿沙浴、玫瑰浴、藏药浴、红酒浴和牛奶浴等特色温泉泡池，其景，其人，其境，名不虚传。

　　鱼疗池中身着泳衣的男男女女，静躺在水中任鱼儿肆意地亲吻着全身，啄食着老化了的皮质、细菌和毛孔排泄物，不时传来叽叽喳喳的叫声，像在释放自己的烦躁。最让我难忘的是红酒浴池，在一处僻静的树林深处，热气缭绕，步入其间，红酒的香气扑鼻而来，沁人心脾，躺在五颜六色的鲜花丛中，任思绪飞扬，心花怒放，格外温馨。此时，就像白居易在《长恨歌》中描述的一样，"春寒赐浴华清池，温泉水滑洗凝脂"。尽情享受着这贵妃般的待遇，真乃人间天堂。

第三辑　情趣纸上跃

天赐温泉景观

（注：天赐温泉位于四川省广元市剑阁县新县城中心清江河边，与秦岭、太白山相望，毗邻国家4A级著名风景名胜区——剑门关、翠云长廊，被誉为"药用医疗热矿泉水"。）

天赐温泉水源来自地下2200米深处，水温高达56℃，富含偏硅酸、偏硼酸、硫化氢、氟、锶等微量元素，被誉为"药用医疗热矿泉水"，有疗养、护肤、美容、保健之功效。泡在其中，就像回到母亲的怀抱，忘却凡尘往事，心无杂念，只有嬉戏享受这般天赐之福。

躺在池中，思绪随着温泉水温在不断上升，想当年三国战场，眼前真是飞扬着一个个鲜活的面容。"湮没了黄尘古道，荒芜了烽火边城，岁月啊你带不走，那一串串熟悉的姓名……"这时候才真正感受到这歌词的精准和其中的情感。

天赐温泉的主温泉区

（注：图为天赐温泉的主温泉区，也称"温泉广场"。是由大小不等、温度不同的十余个汤池组成。后面树林中还有各种各样适宜不同人群的温池。夏天露天沐浴时会被太阳晒着，如果钻进树林深处，在蔽日阴凉的林间泡澡，颇具人间风情。）

李白"大道青天，我独不得出"的凄凉与无奈；三国时期将士们血战剑门，处处留下沉重和沧桑；关楼上的"眼底长安"何等气势恢宏，豪情壮志；关门石墙上刻的"风月无边，北望秦川八百里；江山如画，万古天府第一关"何等震撼；杜甫"惟天有设险，剑门天下壮"。蜀北之屏障，两川之咽喉，此处真乃自然奇景，天下雄关，文化宝地。

"浪花淘尽英雄，是非成败转头空，青山依旧在，几度夕阳红……"

这方圣地，这片净土，见证了多少历史沧桑，兴亡谁人定，盛衰岂无凭，聚散皆是缘，离合总关情，滚滚红尘中，给天赐温泉赋予了太多的神秘和厚重。

我是怀着对历史的追忆，对英雄的敬慕而来；也是为了给心灵放个假，接受清风的洗礼和阳光的抚慰而来。峨眉天下秀、青城天下幽、三峡天下险、剑门天下雄，北望长安，回首蜀地，人杰地灵，不枉此行！

（2014年10月10日写于金城兰州西固城）

川西入佳境　成渝汉中游

2010年7月17日，我们一行三车11人，从兰州出发，一路南下，途经甘肃临夏、合作、郎木寺，进入川西境内，一行半月，行程5000余千米。

初入川西的我们，怀着无比激动的心情，夹杂着丝丝忐忑，选择了兰州—红原—刷经寺—卓克基—小金县—丹巴县—八美镇—新都桥—康定市—泸定县—天全县—雅安市—邛崃市—大邑县—都江堰市—成都市—简阳市—内江市—自贡市—宜宾市—泸州市—重庆市—南充市—阆中市—广元市—汉中市—留坝县—两当县—天水市—兰州的旅游线路。

一、川西之行

川西，顾名思义就是四川的西部，包括四川阿坝州和甘孜州等地区。从甘肃进入若尔盖大草原，其实就已经跨入了川西境内，著名的九寨沟、黄龙就在附近，我们沿途游览了唐克九曲黄河十八弯后入住红原。

第二天，大雨滂沱，我们沿S209线一路南下，途经刷经寺后沿G317线向西到卓克基，进入S210线一路南下到小金县。按常理这条路是走不通的。尤其是雨天，很多越野车都过不去而沿途返回。我们是与四川当地的交通队签下"生死合同"之后才被放行的，开着自己的小别克，一边刮着车底盘，一边向前缓行。沿途多次下来在泥泞中推车，抱着石头在雨中铺路，躲着滚落的山石和从山上溅落下来的泥水，到达卓克基土司官寨（红军长征会议旧址）时，已经根本看不出车子的牌照和车型了。在美丽的西索民居面前，我们的车子反倒成了独特的一景，引来不少好奇的观众。也见证了川西"路难行"的事实。刚一入川，就给我们一个"下马威"，着实让人后怕。

二、梦笔山

梦笔山，是从马尔康通往小金唯一的通道，山顶终年积雪，道路被冰雪覆盖，即使我们是在一年之中最暖和的季节来到垭口，也感觉寒风凛冽。

梦笔山垭口海拔4114米，是红军长征途中翻越的第二座大雪山，第一座大雪山是夹金山。现在垭口周围没有雪山，但远处大山高耸入云，山尖上白雪皑皑，仿佛一片冰雪世界，当年红军长征的景象历历在目。

我站在梦笔山垭口，俯视北坡参天大树郁郁葱葱，看着原始森林弯弯曲曲的道路，感慨神山的伟大，自然的造化。

我和爱人、孩子急匆匆地照相留影，然后他们就一头钻进了车里。我穿着厚厚的棉外套，奔向垭口旁的山坡上，看看坡上的奇花异草，给远处的雪山拍照。天公不作美，天气阴沉沉的，远山瞬间被云雾笼罩，我怀着遗憾的心情驱车下山。

梦笔山的南坡地势平缓，风景秀美，景色迷人。公路沿山顺河而建，曲曲弯弯，沿途有零星的村寨，河流、田野呈现出一片高原田园风光。此时，车内鼾声一片。我时不时地将车挂到空挡行驶，莫大的长坡，很快就到了两河口镇。

1935年6月26日，中央政治局会议在位于两河口镇的关帝庙里召开，现在已经修建成会议遗址，高高的毛主席雕塑巍然屹立。两河口会议在历史上的重要意义和红一、四方面军的变化，能在历史课本中回忆一些零散的片段，追忆的思绪伴着眼前美丽的风景一路而下。

沿着红军长征路，一路上风光无限。这时的路已经很好走了，我们经历一天的担心和煎熬后，终于在下午时分到达小金县城。

小金县，旧名懋功、小金，藏名"赞拉"。位于四川省阿坝藏族羌族自治州南部，是一个依山而建的小县城，交通和地形不敢恭维，住宿非常紧张，我们不得不分别找宾馆住下。第二天一早，我们出发前往著名的四姑娘山。

三、四姑娘山

四姑娘山，是邛崃山系的最高峰，由四座相连的雪峰组成，仅次于被誉为"蜀山之王"的贡嘎山，人称"蜀山皇后""东方的阿尔卑斯"。

四姑娘山山体陡峭，雄峻挺拔，沟壑纵横，森林茂密，山尖覆盖冰雪，常年不化，如同头披白纱，姿容俊俏的少女。四姑娘中的幺妹身材苗条、体态婀娜，现在人们常说的"四姑娘山"指的就是这座最高最美的雪峰，又称幺妹峰。

四姑娘山有三沟一山，即有三条进山线路：一是从双桥沟进山，双桥沟是四姑娘山景区唯一能以车代步游览的一条沟，坐观光车直通沟尾，途经杨柳桥、便桥，能够方便、快捷地游览全程，双桥沟山势陡峭，曲折幽深，景色迷人，宛若仙境，因此，双桥沟"以观见长"；二是从海子沟进山，经热水到达"龙眼"；翻越4800米的垭口，可以看到平常很难见到的四姑娘幺妹峰的背影，壮丽不同寻常，再翻上个5000米的垭口下到3000米处，就是热水，可以在温泉泡泡脚后抵达"龙眼"，因此，海子沟以"探险游"著称；三是从长坪沟进山，主要是登山活动走此条线路。

四姑娘山长坪沟喇嘛庙登山处

（注：图为四姑娘山长坪沟喇嘛庙登山处。此处可以遥看四姑娘山中四个大小不等的雪山，没有做足"功课"的游人，都以为这就是"四"个姑娘，即"四姑娘山"，那就大错特错了。）

我们选择从长坪沟登山。因为长坪沟开发较早也较成熟，森林、峡谷和雪峰景色迷人，多以徒步登山和骑马观光为主，所以游客多数选择从长坪沟登山。我们从喇嘛庙出发，选择从栈道徒步观光，走在这条绿色长廊上，林木密密匝匝，遮天蔽日，格外凉快，美景使大家憋了两天的怨气云飞烟灭，我们一边欣赏山涧的植被花草，一边拍照嬉戏。

长坪沟全长29千米，但一般游客只游览16千米，走到枯树滩就是四姑娘山脚下，再往里面走路就很烂了，没有开发，建议徒步爱好者们可以选择绕过四姑娘山到达毕棚沟。

四姑娘山东有岷江，西有大渡河，山谷地带气候宜人、雨量充沛，山腰冰川环绕，山花遍野，山顶地势险峻，白雪皑皑，山涧溪流清澈，经久不息。

从四姑娘山下来，计划从日隆镇延S302线翻越巴朗山，直达卧龙镇，看看大熊猫，过映秀住都江堰。但是，计划不如变化快，在日隆镇遥看巴朗山上，只有下来的车，没有上去的车，当地人说山上塌方，已经几天没有通车，所有车辆全部在日隆镇等待，有可能下午修通。我们望眼欲穿哪！足足等了两个多小时，路还是没有通，如果再等，即使路通了，我们也不可能在晚上赶到都江堰或者卧龙镇。因此，我们选择原路返回小金县城，重新规划行程。

回住小金县，大家商议要到G318线（川藏线）。目前有三条路线：一是从达维进S210线，翻越夹金山到芦山达雅安市；二是从小金西上抵丹巴进S211线，延大渡河一直南下到泸定桥；三是从丹巴继续西上到八美镇，经塔公草原南下到新多桥。最后大家一致同意走第三条路线，因为走草原最安全。

四、丹巴县城

上午沿S303我们很快到达丹巴县城。丹巴县城坐落在大渡河畔，夏季波涛汹涌的大渡河河水洗刷着丹巴县城的河沿，站在河沿上，会让人有种连同整个县城被河水冲走的眩晕感。

朋友的车出了点儿问题，需要在县城修理。借此机会，我们剩余的两辆车去了距县城约8千米的"美人谷"，参观了田园牧歌般的享有"藏区童话世界"美称的"甲居藏寨"。

　　从大金河谷层层叠叠的岩石路上，弯弯曲曲地盘旋而上，一直伸延到卡帕玛群峰深处，在巨大的大山山腰处，"甲居藏寨"像群星洒落般坐落在依山起伏的缓坡上。群山环抱，绿树映照，或稠或密，碉楼星星点点凸显在一片绿色的世界之中，烟云缭绕，若幻若真，真像生活在人间天堂里一样。

　　我们的车子刚一拐弯，就被几位美丽的"天仙"拦住，原来是到买票的地方了。马路边拦着一根木杆子，旁边虽然坐着两排漂亮的藏族姑娘，但是我们当时还以为她们是彝族抑或其他民族。山清水秀人也美，藏族三姐妹的照片屹然竖立路边，看我们下车，几位姑娘便迎了上来，热情招呼我们。

　　我们询问了寨子里的一些游乐项目，了解到门票、导游、食宿都不贵，被姑娘们一顿游说，我真想马上进去体验一下。尤其在这绿树环抱的碉楼里，在这人间仙境里能够住上一晚，也算我没有跋山涉水枉此一行。可惜，朋友还在县城，目的地还很遥远，我们不得不和热情大方、美丽可爱的姑娘合影留念，怀着依依惜别之情离开藏寨。

甲居藏寨的入口处

　　（注：图为甲居藏寨的入口处，此处是买门票的地方。美丽的姑娘们就隐藏在我身后的树荫下，抑或坐在身后路边的简易房子里。这里是半山腰，上面山中是云海，不知道山有多高。下面是滔滔江河，很深，很深。站在此处向下看，有种悬空的感觉。）

至今回看美丽的合影照片，仍能勾起心中无限的遐想，让心中荡漾起层层涟漪，那古朴典雅的碉楼、云山雾境的村落、灵秀动人的姑娘，使我们有种还想再去看看的冲动。

五、牦牛谷风景区

从丹巴县城出来，没有走多长时间，便进入了著名的牦牛谷风景区。牦牛谷风景区位于丹巴县城西南21千米的东谷乡境内，被称为"天然盆景"。

"牦牛谷"就是"东谷天然盆景"，即"东河河谷"。从西河桥起，整个天然盆景全长64千米，一山有四季，季季景不同。穿行在河谷中，两边群山，沟内薄雾，鸟语花香，如诗如画，河谷中很少有人和车，莫大的峡谷中只有我们一行几人，显得幽深空旷，宁静而优雅。

来到井备村，传说是出美女的地方，土司时代就颇负盛名，可惜我们连个人影也没有见着。也许是夏季天热，正午时分正是美女们在家纳凉的时候，她们才不会选择这时候出来，被这毫无遮拦的太阳狠心地晒坏了皮肤呢。再向前走一段会有很多的景点，世外桃源"苔基土"、瀑布、湖泊，景色宜人，有九寨沟浓缩的影子，有江南的水乡风光，也有老百姓称作"一望无涯"的景观。

顺东谷河缓缓而上，山重水复，曲流回荡，有远近闻名的陡水岩瀑布，有筑炉炼金的"水果之乡"，有外面烈日当空、林中清爽宜人的顶锅山风景，还有著名的"红石滩"奇观，再往上就是亚拉雪山，翻过亚拉雪山的垭口，就进入了八美草原。

牦牛谷最著名的是它的温泉，东谷热水塘是其中最有名的。牦牛谷热水塘共有八个泉眼，每个泉眼温度不等，高者70℃~80℃，低者30℃~40℃，可以满足不同洗浴爱好者的需要。谷底热水塘温泉蒸气氤氲，犹如人间仙境。特别是明眸泉，据说有使视力恢复的功效，这是我国少有的裸浴地之一。

六、亚拉雪山

亚拉雪山，藏语全称为"夏学雅拉嘎波"，海拔5884米，与墨尔多神山遥遥相对，山顶终年积雪不化，被誉为"东方白牦牛山"。

我们从牦牛谷出来就看到了亚拉雪山，绕山而上，来到雪山垭口，那里的草原非常美丽。从峡谷出来，有种重见天日的感觉。站在垭口，凉风习习，远处雪山皑皑，近处经幡随风舞动，草原野花铺天盖地，视野非常开阔。我们躺在草地上嬉戏拍照，藏族小姑娘也凑来合影留念，蓝天白云，景色宜人。

下山就到了八美镇，不巧的是，八美镇到塔公路段修路，实行单边放行。我们一直在八美镇待了两个多小时，下午4点才开始放行。

"牦牛谷"出谷上山

（注：图为"牦牛谷"出谷上山。这里草原植被被保护得非常好，夏天草原上的各种奇花异草全部竞相开放。正赶上藏族同胞的节日，满山的摩托车，一堆一堆围坐的人群在喝酒唱歌。我们也凑热闹似的奔跑在草原上，仰面躺在这地做床、天做被的温床上，贪婪地享受着这少有的异样感觉。）

原计划从八美镇转入S215线后，入住新都桥。沿途在牦牛谷的"红石滩"上遇到一位风衣女子，独自一人驾着一辆红色轿车，拎着"长枪短炮"在自拍。出于好奇，更多的是佩服，我们相互认识了。在八美镇的时候，由于封路，我们又一次不期而遇，她告诉我们在新都桥住宿很困难，我们便临时决定入住康定市。

从八美镇到塔公路不是很长，但是因为修路，全是石子和尘土。风衣女子驾车非常疯狂，为了赶时间，我们也是一路狂飙，几次冲超1千米左右长的大货车队，险象环生，现在回忆起来，还让人心有余悸。

到达塔公乡，太阳照射在亚拉雪山上，金光闪闪，非常漂亮。我们驻足拍景，虽然时间紧张，但是谁也不愿轻易离开这里，我们登上一个小山坡，来到金碧辉煌的塔公佛学院前，远望亚拉雪山呈莲花宝座形状，十分逼真，据说这里是观看亚拉雪山最佳的位置。

亚拉雪山是八美草原上拔地而起的一座独有的雪山，傲视群雄，远远望去，端坐于蓝天之下，像升起的一朵蘑菇状白云，犹如祭祀的轻烟。它与蜀山之王贡嘎山遥遥相望，与塔公寺熠熠生辉，此时的亚拉雪山彩云飞渡，仙气飘飘。

七、塔公草原

"塔公"，藏语意为"菩萨喜欢的地方"，塔公草原是甘孜州最著名的草原，海拔3730米，地势起伏和缓，草原广袤。沿线的河流、森林、山体、草原、寺庙、藏房建筑和浓郁的藏乡风情令人流连忘返。

塔公草原的河流清澈见底，牛羊成群，山体布满各种图案，绿草茵茵，袅袅炊烟，悠悠牧歌，皑皑雪山，交相辉映，风光如画。虽然天快要黑了，然而我们还是停留在美丽的河边，徜徉于花海之中，享受了半个小时的美景。

塔公寺历史悠久，建筑金碧辉煌，我们没有时间进去细细观赏，只是远处眺望，感叹工艺之精湛、造型之生动，在太阳余晖中气势恢宏，庄严肃穆。

塔公草原一隅

（注：图为塔公草原一隅。当时的情形用诗云：草原清清河水边，绿荫之下洗尘埃。儿童相见不相识，嬉闹声中做故知。身后就是塔公山，完全被"人工化"了，山披"银装"，树戴彩，整个山水被赋予了灵性。此时此地，此情此景，人与物化，物与人同。）

新都桥又叫东俄罗，是一个镇名。我们来到新都桥时，天色已经不早了，我们沿路驱车没有看到什么很好的住处，就沿着风景壮美，素有"摄影天堂"之称的新都桥前往康定市。

当时我们准备做得不够充分，按照现在的想法，新都桥无论如何都应该住一晚的，现在想想颇有遗憾。新都桥是川藏南北线的分路口，北通甘孜、南接理塘，是进藏的必经之路，是交通枢纽，北纬30度是地球上景色迷人的黄金纬度。这里秋季的景色非常美，很多摄影爱好者都慕名到新都桥市过夜拍景，远眺7556米的"蜀山之王"——贡嘎山的主峰。

我们遗憾的是不仅跟丢了风衣女子，而且匆匆离开新都桥，没有很好地感受这里的文化和自然美景。新都桥由于没有突出的标志性景观，让我们选择了离去。然而，新都桥有10余千米，被称为"摄影天堂"的摄影家走廊，是一片如诗如画的世外桃源，留在我的心中，成为幻想。

八、折多山

折多山，从川入藏的第二座大山，第一座是二郎山。我们急急忙忙一路狂奔，前往折多山，因为怕到折多山时天黑，什么也看不清，赶路就急了点儿，只是在沿途拍了一些照片。

到达折多山垭口时，也许是山高、离太阳近的缘故，天还没有完全黑，有那么一抹太阳的余晖。等到我们停下车准备拍照时，一股大雾掩埋了对面山坡上的"康定情歌"四个巨型大字，也罩住了观看四川第一高山贡嘎山的机会，只从云的缝隙中窥视了贡嘎群峰，重峦叠嶂，白雪皑皑。

折多山垭口海拔4298米，是康巴第一关，也是进藏第一关。"折多"在藏语中是弯曲的意思，折多山的盘山公路确实是九曲十八弯，我们根本无法数清到底有多少个弯，从垭口到山下康定市的海拔落差达1800米。不过折多山不知川藏公路之难，当地人说："吓死人的二郎山，翻死人的折多山。"

我们没有时间等待天气好转后看一览众山小的风景，从折多山顶一路下到康定市时，已经什么都看不清了，我们在县城找到了"跑马山宾馆"住下，人困马乏，找了点吃儿的后就进入了甜美的梦乡。

九、康定市

康定市给我印象最深的是穿城而过的河流，汹涌澎湃，疾驰而过，震耳欲聋的波涛声响彻城市和山谷。

我们吃完担担面，一路向下，直到大渡河畔的泸定县。

泸定县，大渡河畔的名城，记忆中的红色圣地。

泸定县位于贡嘎山东坡，二郎山西麓，大渡河由北向南贯穿县城，介于邛崃山脉与大雪山脉之间，是古代通往藏区的"唐蕃古道"，素有"康巴东大门"之称。

泸定县城最著名的就是泸定桥，我们也是慕名而来的，关于泸定桥的印象全部来自中学课本和电影里的画面。现在可以目睹，大家都非常兴奋，找好位置停好车，迫不及待地赶往桥头。

泸定桥，又称铁索桥，康熙皇帝御笔亲书"泸定桥"三字，立御碑于桥

第三辑 情趣纸上跃

头，碑文正文为"泸定桥"，而横批为"一统河山"，是连接藏汉交通的纽带，是当时大渡河上的第一座桥梁。1935年，中国工农红军在长征途中"飞夺泸定桥"，使泸定桥声名更加显赫，在我的记忆中基本全是红军飞夺泸定桥的电影情节。为此，我还在桥上模仿当年红军战士俯卧在铁链上的情景拍照，在妈妈的鼓动下穿起了景区的服装照相，大家的热情和兴致颇高。

泸定桥全长103.67米，宽3米，桥身由13根碗口粗的铁链组成，左右两边各2根，是桥栏，底下并排9根，铺上木板，是桥面。

走在泸定桥上，低头看波涛汹涌的大渡河，有种眩晕的感觉，爱人不敢走，基本是在我和儿子的搀扶下走完的。站在泸定桥上，观赏大渡河两边高大的群山，眼前浮现着红军战士在枪林弹雨中冲锋杀敌的镜头，一幕幕，那样真实，《飞夺泸定桥》是我小时候最爱看的一部电影。

游完泸定桥，大家购置了一些山野水果，虽然有些水果是我叫不上名字的，但是味道非常好，我们边吃边驾车上路。下到沟底开始爬著名的二郎山。这个时候，我才感觉到从昨天下午到今天中午，我们一直是在向下行驶，现在想想，真不知道这折多山到底有多高、道路有多险，不由得对进藏的艰辛更多了一层理解和感悟。

十、二郎山

二郎山，位于天全县城西50千米处，海拔3437米。二郎山因神通广大的二郎神杨戬而得名，这里有很多关于"二郎担山赶太阳"的神话故事。

我对二郎山的记忆是那首人人耳熟能详、唱彻大江南北的《歌唱二郎山》歌曲，在二郎山隧道口的碑身上，至今仍然雕刻着这首歌的词曲。

"二呀么二郎山，高呀么高万丈……"优美动听的歌声响彻脑际。

二郎山隧道东出口

（注：图为二郎山隧道东出口。在我身后左手的墙壁上，雕刻着《歌唱二郎山》的词曲，一些骑友爱好者在一旁围看。前面右手的方向就是去"海螺沟"的分岔路口。）

二郎山景区主要是石漫滩国家森林公园。由于二郎山隧道的打通，我们没有去，也没有登上二郎山山顶看贡嘎山，应该说我对二郎山的游玩印象是很肤浅的，很是遗憾。不过满山的杜鹃花足以让你感受得到蜀地景色秀美。

二郎山峰峦叠翠，林海茫茫，峡谷幽深。沿途山势陡峭，道路崎岖，有几处观景台，站在观景台上，远眺大渡河，看雄伟的大山，幽深的河谷，茂密的松林，天空的白云。听青衣江的涛声，溪沟两边的泉声，山涧的鸟鸣声。思二郎山的茶马古道，土司文化，名家写生的情景。此时，一切美景尽收眼底，日浴高原，伴着二郎神的思绪情结浮想联翩。

沿着二郎山崎岖不平的山路向下，经过老虎嘴，品尝了十里香豆腐的味，领略了文笔山公园的景，一路到达雅安市。夜住雅安市，在青衣江江边露餐，品雅安鱼，吃担担面，吹着凉风，喝着小酒，畅叙至深夜，有点儿像侠客，很是惬意，至今忆起还是很向往。

第三辑　情趣纸上跃

十一、雅安碧峰峡

从雅安城北，顺陇西河向上8千米左右，便来到碧峰峡峡口。

碧峰峡林木葱茏、四季青碧，因女娲补天而得名。峡内由两条峡谷构成，左峡谷长7千米，右峡谷长6千米，是一个封闭式的可循环游览的景区。景区包含黄龙峡、天仙桥、天然盆景、千层岩瀑布、白龙潭瀑布、女娲池、滴水栈道和动物园、熊猫基地等众多景点。用一天的时间游玩碧峰峡还是很紧张的。

我们乘坐青云梯直入幽幽深谷，顺谷而上，一路观赏了清幽的小西天、秀美的女娲池、浪漫的雅女园、神秘的碧峰寺，追寻女娲补天的遗迹，感受碧峰峡内深潭林立、怪石纵横、瀑布飞溅、青峰对峙的美景。游览了色如翡翠、清澈见底的"女娲池"，浓荫蔽日、溪水弥漫的"野鸭滩"，流水泻过、赭红金黄一片的"淘金滩"。坐在露天茶园，品山间清泉沏一碗碧绿山茶的甘甜，体验了旅游探险、极限运动项目，游览了野生动物园，排队参观了熊猫基地里娇憨可爱的小熊猫，意犹未尽。

碧峰峡里凉爽休闲，景色秀雅，是避暑纳凉的绝佳地，走在其中，移步换景，妙趣横生，野菊烂漫，鸟语清脆，游人可以选择在山里住上几日，享受神仙一样的田园生活。

十二、周公山温泉

下午，在雅安市购买了周公山温泉的团体票，开始前往周公山温泉。

周公山温泉距雅安市区6千米，位于风景秀丽、山环水抱的周公山山麓，公园内植被丰富、田园风光诗情画意，开发建设的园林式温泉宾馆就坐落其中。

周公山温泉成因于3万年前的古水，因其产量大、水温高、水质成分配比优良而被专家们誉为"蜀地温泉之冠"。建有室内、露天池汤，池水温度各异，游客可以根据自己需求而选择不同的温泉池。温泉依山而建，是天然的度假胜地，给人一种返璞归真的感觉。

七月底的蜀地，天气异常炎热，我们又刚爬完碧峰峡，满身汗气，跳进温泉池，热气腾腾的温泉水光滑细腻，抚摸着肌肤，让人瞬间有种想入睡的感觉，非常放松。温泉池里人不多，三个室外露天的汤池，连同我们一共只有几十个人，躺在池中，仰望山间秀色，看万里无云的天空，有种回归自然，享受生活，增情添色之感。

我们一直泡到太阳落山，才依依不舍地离开，直奔大邑县，夜住大邑。

十三、青城山

青城山，位于都江堰市西南16千米处，古名"天仓山"，又称"丈人山"，为邛崃山脉的分支，属道教名山。

青城山前山山门入口

（注：图为青城山前山山门入口。我身后楼顶上高悬着的"青城山"三个字苍劲有力，周围被浓郁的树林围得严严实实，密不透风，每天有几万人由此进入大山之中，在川流不息的人群中拍这张照片已经很是不易。）

这次专程来爬青城山，是缘于爱人十几年前在青城山的一次许愿。那时我们还不认识，这次是为还愿而来。

青城山的特色是"幽"，与剑门之险、峨眉之秀、夔门之雄齐名，有"青城天下幽"之美誉。青城山分为前山和后山，全山林木青翠，四季常

第三辑　情趣纸上跃

青，诸峰环峙，状若城郭，丹梯千级，曲径通幽。其高，其大，有"三十六峰""七十二洞""一百八景"之说。

我们选择从前山上去，后山下来，足足爬了六个小时。

青城山前山宫观相望，古迹甚多，烧香拜佛，人流如潮，素有"拜水都江堰，问道青城山"之说。

我们一直爬到慈云阁，感觉已经很高了，直入天堂，云雾缭绕，空气十分潮湿，能见度很低，十步之内看不见人，好像山重水复疑无路一样，仿佛天突然黑了，情急之下，转向后山而下。至今忆起，也不知道究竟爬到山的什么位置了。

慈云阁

（注：图为慈云阁，里面修建得非常繁华，人流如潮。由于云雾缭绕，我感觉天黑压压的，以为天色已晚，加之岳母上一半山后原路返回，有些担心，便匆匆观之，急着离开了爬了四个多小时才爬到的地方，现在忆起，觉得应该再留步，好好欣赏感受一番。）

青城山后山是以水秀、林幽、山雄、石怪为奇观的自然风景区。半山亭、月城湖、翠映湖景色迷人，飞瀑和水潭景色各异，但是道路难行。

我下山后，已是非常疲惫，坐在茶楼雅座上，有种不愿起来的感觉。我和美女攀谈起来，才知道青城有四绝：一绝是"洞天贡茶"，茶质优良，汁色清澈，茶香味醇；二绝是"白果炖鸡"，传统名菜，汤汁浓白，鸡肉异常鲜美；三绝是"青城泡菜"，脆嫩清鲜，深有回味；四绝是"洞天乳酒"，味浓而不烈，甜而不腻。

为了不显得虚伪，也是为了报答川妹子的热情好客，我品尝了第四绝"洞天乳酒"，感受了浓而不烈的"米酒"醇香，辞别美女返回都江堰市。

一场大雨浇凉了酷热的天气，晚上住在美丽的都江堰，一家四口品尝了入川以来的第一次"火锅"，味道真是好极了。晚上召开了"三中"全会，商议之后的行程，是西上，回兰州；还是南下，进成都；抑或去蜀南竹海，游重庆。最后大家达成第三种协议。

十四、蜀南竹海

"蜀南竹海"，翠甲天下，绿的海洋，竹的世界。

我们沿着成灌高速到达成都环城高速。从东绕环城高速半周进入G76线，经简阳、资阳、内江转G85到宜宾。

江南的酷夏我没感受过，打开车门迎面就是一股热浪，冲得我喘不出气来。由于川西路上对车的剐蹭，方向盘抖得厉害，我在都江堰检查没有解决问题。到宜宾吃饭补给能量时，我顺便到修理厂检查一下车子，还是没有发现问题。回兰州后，我到4S店才检查出车子后拉杆被撞弯了，所以车子老跑偏，如此简单的问题困扰我一路，也跑坏了我的两副轮胎，真是可惜。

我坐在路边小饭馆门前，吹着几个大大的风扇，还是感觉不到凉意。虽然我已经在四川生活多天，但是川西早晚温差大，有时还有点儿冷，猛然一下到宜宾，有点儿不适应，感觉像蒸笼，有点儿憋气，这也许就是江南夏天的真实感吧！

我们饭后就急匆匆赶往长宁县。此时的川南，一派繁华景象，路边景色宜人，不断出现在路边的陌生景点路牌，不时地召唤着我们、诱惑着我们前往。但是，我们已经顾不了那么多了，一门心思直奔蜀南竹海。

蜀南竹海位于宜宾市长宁、江安两县交界处，距宜宾市70千米左右，距长宁县16千米，以万顷竹海著称。在宜宾市到长宁县的路上，沿途马路边上不再是树木，而是一排排的竹子，越往长宁竹子越多，映入眼帘的都是成片成片的竹林，仿佛置身于"竹"的世界。

从长宁县进入蜀南竹海的西大门，我们首先看到的就是一排排竹林长廊，道路两旁成片的竹子茂密高大，竹子的顶部交织在一起，形成一个遮天蔽日的长廊，像似仪仗队在迎宾，让人进入翠竹海洋，心情异常兴奋。

不一会儿，车子就来到景点门口，大门很是气派，大家下车拍照留念。

蜀南竹海西大门里的第二道门

（注：图为蜀南竹海西大门里的第二道门。西大门犹如一节楠竹从中劈破，横卧于大地之上，"蜀南竹海"四个大字浑然一体，门柱上"眼里无竹非君子，胸中无海不丈夫"的对联气势磅礴。由于西大门半遮半掩于江畔的竹林之中，我们没有反应过来车就已经驶入。此处的第二道门又是另外一种风情，其景、其情，更显得有气场。第二道门就藏在竹海之中，就连大门建材都全部用的竹子，右边联云"万顷波涛竹海涌"，左边联云"千年茂林曲径幽"。）

蜀南竹海，原名"万岭箐"。从这里进入，一望无际的竹子密密麻麻地覆盖了万岭山，一片竹的海洋世界。

我们找了一家名叫"绿叶山庄"的小楼住了下来，然后就迫不及待地拿着相机去游忘忧谷。忘忧谷是一条窄长山谷，这里竹子粗壮密集，遮天蔽日，使整个山谷显得更加深幽。我们顺着山谷流水竹径而上，一路嬉戏观赏，一路拍照留影，一直来到"吾生世外"飞瀑前，天色阴暗。有人说是不是要下雨了，我们才如梦初醒，感觉不对，急匆匆向住处返回。因为山谷里密林蔽日，根本没感觉到要下雨，没等到我们回到住处，倾盆大雨顺天而泻，我们的衣服瞬间湿透。当时路旁还没有避雨的地方，其实离我们住处不到300米，但就在这短短的300米，我们全部被浇成"落汤鸡"。这是我见到的少有的大雨，我的感觉不是在下雨，完全是在泼倒雨水。这种场面我已经久违了，记忆中还是在小时候，在山里放羊时被这种雨浇过，但那绝对没有如此之大，如此猛烈。淋在雨中，我脱光了上衣，用衣服包裹住相机，任由雨水冲打在皮肤上，有种和自然融为一体的亲切感。那时，只担心手中的相机无处可藏，其他全然无所谓。

　　第二天，我们来到墨溪。顺谷而上，全是各式各样的竹子，特别粗壮，像进入原始森林一样。谷里瀑布飞溅下来，雨来山染黛，风过竹王翠。我们抱着竹子拍照，钻进竹林嬉闹，幽静的谷底不时传出清脆的尖叫声，人和竹林融为一体，蚊虫和人混杂交织，我的腿上被一只可爱的野蚊子亲吻了一口，瞬间肿胀了起来，第二天腿肿得穿不上裤子，三天之后才逐渐消退。至今回想起来，仍感觉到蜀南竹海的蚊子很厉害，毒性够大。

　　我们开车沿着右手方向前往观云亭。到观云亭时，人已经很多了，我们停好车，在观景台上拍照，看"百龟拜寿"，观万里云海，其壮阔雄伟之气势，让人惊叹。

　　再往上行进，到了翡翠长廊。翡翠长廊万竿拥绿，修篁伟岸，盛夏时节，长廊是一个清凉的世界。漫步长廊中，雨后空气的清新，竹叶的清香，仿佛置身世外。长廊里面有一个小的市场，各种竹艺尽显其中。再走就到天宝寨和仙女湖。

　　仙女湖的湖水清澈碧绿，竹筏扬起的清清碧波，层层涟漪，随着水波荡漾开去，映着周围的小山、竹林、亭台楼阁，景色异常别致。湖边竹筏一排排，我们就坐在上面拍照，心情格外飘逸。晨曦初升，晨雾烟雨中，绿的

145

山，翠的竹，形成一幅幅优美的水彩画卷。

龙吟寺

（注：图为龙吟寺，始建于唐、兴于明、盛于清，内有接引殿、川主殿、韦陀殿、和尚殿、蔡神殿、太阳殿、灶王殿、大雄宝殿、观音殿、老君殿和卧佛殿等十余个殿堂庙宇。龙吟寺文化涵蕴深厚，石刻佛像风格独特，构思奇异。影响力大，驰名于云、贵、川诸省。）

　　穿过又一村，来到龙吟寺。龙吟寺又名龙尾寺，坐落在九龙山上，这里四面翠浪起伏，清风摇曳，浩渺连天，天风吹荡，竹影婆娑，竹涛声声，恍若龙吟，故名龙吟寺。登上九龙台阶，来到楼上观光台瞭望，其万竹掀涛，仿佛进入万顷芦苇荡，竹海的奇特风光尽在眼底。我们驻足其上，久久不愿离去，待云雾慢慢从他山移来，吞没了整个竹海、山头，我们才不舍地离开。

　　过"迎风湾"，到"照映潭"，在竹筏上合影留念。路中巨石上曹禺题写的"云山竹海，天上人间"赫然在目。来到著名的七彩飞瀑，远远就听到震耳欲聋的咆哮声从林中谷底传来，去七彩飞瀑需要停车后沿着山体峡谷崖壁而下。虽然大家都有些劳累，但是为看美景又不得不向下走去。

　　七彩飞瀑，又名"落魂台"。《江安县志》记载"万岭箐南北飞瀑，殆似庐山"。飞瀑之气势，在山岩跌宕处，悬泉飞泻，蔚为壮观，其声震彻谷间，数十条姿态各异的瀑布，使得深邃幽深的竹海充满灵气。晴天正午，日光下彻，可见彩虹生于潭底，故名为"七彩飞瀑"。

我们一直沿着峭壁下到长宁、江安两县交界处，其路就凿在万丈崖壁之上，其险完全可以和剑门关相比。我们头顶水滴不断，躬身弯腰走行其间，伴着瀑布巨大的声响，给人惊心动魄的感觉。其景之美，让我的相机都没有了电，只能是多看几眼，刻留心间。

七彩飞瀑

（注：图为七彩飞瀑。处在石鼓山和石锣山之间的葫芦谷中，从深林里流出的水潦河，在回龙桥下分为四级泻下悬崖，落差近200米，蔚为壮观。第一级，从回龙桥下飞泻而来，宽5米，落差30米。第二级，宽3米，落差15米，气势磅礴，瀑头四层跌石冲击出的浪花，与第三级瀑布连成一线。第三级，宽4米，落差50米，飞流直下，先声夺人，晴天正午，日光下彻，可见彩虹生于潭底。第四级，宽5米，落差74米，处于谷口末端，下为悬崖峭壁，站于其头上，只能闻其声而不能睹其貌，故名"飞声瀑"。）

从七彩飞瀑上来，我们体力已经透支。还有一些景点也是非常漂亮，但是我们已经无法再去，只能驱车经青龙湖，忆着当地人的传说，感受着还没有去的仙寓洞，想象仙寓洞幽深奇险。仙寓洞位于擦耳岩陡崖的天然岩腔，因自然景观和人文景观极佳被誉为"竹海明珠"。回味着竹海中各具特色的竹子，像楠竹、水竹、慈竹外，还有紫竹、罗汉竹、人面竹、鸳鸯竹等珍稀竹种，夏日一片葱茏，冬日一片银白，其景甚是壮观，在此长居，一定可以超凡脱俗、飘飘欲仙。

车一溜烟出了蜀南竹海的东山门，直奔泸州市。

十五、重庆

重庆，简称"巴"和"渝"，因它依山建筑而被称"山城"，因它云轻雾重而被称"雾都"，因它夏长酷热而被称"火炉"，亦有"渝都、桥都"之称。

从蜀南竹海经纳溪到泸州大概70千米，过了长江，呈现一派江南盛景。进G76到泸州转G93成渝环线高速，我们从九龙坡下高速进重庆，入住"似家心怡"酒店。

晚上我们打车到重庆好吃街和人民解放纪念牌吃小吃，看夜景。畅游重庆港，参观人流如潮的朝天门码头。

朝天门，因是朝圣迎御差，接圣旨的地方而得名。是长江、嘉陵江交汇处，襟带两江，壁垒三面，在江中突兀而立。每当初夏仲秋，碧绿的嘉陵江水与褐黄色的长江水激流撞击，漩涡滚滚，清浊分明，形成"夹马水"风景，其势如野马分鬃，十分壮观。要一壶好酒，嚼着花生米，坐在朝天门广场上，远可俯瞰两江汇流，近可观美女如云，是纵览沿江风光的绝佳去处。

我们来得太晚，朝天门码头灯火白天的感觉没有了，只有几处射灯像敌人碉堡中投射的探照灯，在江面上来回窥视。三三两两不愿回家的人们，连同像我们这样漂泊在外的游子，还在空空的码头游荡，"江上明月"和远处江中抑或对岸灯红酒绿的阁楼，仍然灯火通明，似乎随着飘来的江风，传来阵阵莺歌燕舞的浪声，让人浮想翩翩。

重庆"水上门户"朝天门是来重庆必看的景点。这里的长江段仿佛插上了腾飞的翅膀，声势越发浩大，开始穿三峡，通江汉，一泻千里，成为长江上的"黄金水段"。朝天门是两江枢纽，也是重庆最大的水码头，商客云涌，人行如蚁，舟楫穿梭，帆樯林立。

虽然已经深夜，我们游荡的心情随着都市夜生活的节奏被慢慢点燃，久久不愿离去，伫立江边，任凉爽的江风习习掠过，那种惬意就像小的时候，为看守粮食而住在麦垛上的感觉一样，任群星闪烁，露霜打湿了眼眉，忘我得全然不知。

重庆的夜是迷人的，重庆的觉是甜蜜的，一觉醒来，神清气爽，浑身来劲。本来打算吃吃重庆的"火锅"，泡泡重庆的"温泉"，感受重庆的"火炉"。但是朋友参加国培，必须赶回兰州，我们就准备一块返程。

从重庆出来已快中午，沿环城到北碚区上G75高速直奔南充。从南充"清泉寺大桥"下高速，进南充，上国道G212线，到西充，那时兰海高速还没有修通。至此进入"三国之源，陈寿故里"，沿途有太多我不知名的风景区，禹迹山风景区、升钟湖风景区、张澜故里等，我们已经没有时间光顾，何况这些风景区事先也没有被我们列入行程之中，我们沿着嘉陵江一路北上。

十六、阆中

不久就来到"张飞故里"阆中市，迎接我们的大门上写着"春节发源地，风水阆中城"。我们一路狂飙，此时下车休息，赏周围风景，拍照留念。路旁稻田、水池，大大小小的山丘，人家村落大都依山而建，山丘植被茂盛，村落点缀其中，生活环境非常优美。

进阆中，吃饭，逛阆中古镇。

汉桓侯祠

（注：图为汉桓侯祠，俗称"张飞庙"，位于四川省阆中市古城区西街59号，是纪念三国时蜀汉名将张飞的祠庙。因"五虎上将"张飞死后追谥为桓侯，故取名。唐时叫"张侯祠"，明代称"雄威庙"，清代以来才叫"桓侯祠"。由于时间关系，我们遗憾未能进入其中参观。）

阆中古镇的状元坊是著名的四大古城之一，素有"阆苑仙境、风水宝地"之美誉。因山围四面，水绕三方，巴蜀要冲，军事重镇而有"阆中天下稀"的美称。状元坊因阆中出的状元多而得名，修建的状元坊古街保存完好，文化底蕴深厚，走在其中，有种返古情结。

街道两边的李家大院、三陈府邸、张家古院、陈家庭院保留完整，最显眼的是立于街正中的中天楼，二楼"厚德载物"，三楼"仙心望岳"，很是有名。最深处的张桓侯祠，又称"张飞庙"，正门写着"汉桓侯祠"，右边写着"灵武冠世"，左边写着"大义千古"。因张飞任巴西太守，驻阆中达7年之久，保境安民，死后葬于阆中，后人为其建"桓侯祠"。

我们吃完"张飞牛肉面"，买了点儿"张飞牛肉干"，便急匆匆赶路。

阆中名胜众多，名人荟萃，其中风景秀美的锦屏山和历史悠久的滕王阁享誉盛名。我们出城不远就到了苍溪县的"红军渡·西武当山"景区，这时天色已经渐晚，我们只能拍照离去。

从苍溪县到广元市，我们走的是夜路。其间翻山越岭，大雾笼罩，能见度极低，车辆穿行在山岭沟壑之间，全然不知周围景观，只能在茫茫夜色中前行，也许路边就是万丈深渊，高度紧张的驾驶使我没有闲暇去思考这些问题，到广元市已经是深夜，我们刚进城就找了个宾馆呼呼大睡而去。

十七、汉中

一觉醒来，已经九点钟了，雨下得很大。我们吃过早饭，去修理车，做了四轮定位，但是没有修到点子上。雨停了，太阳出来了，我们寻找去汉中的高速路口。走了很远，上了高速才发现，此路根本不能算高速，一直到棋盘关才真正进入高速。此地离汉中120千米左右，过了几个隧道，进入陕西境内，路已经非常漂亮了，天气也开始热起来了，一路狂奔，下午2点左右进入汉中市。

汉中，秦天府之国、鱼米之乡。

陕西汉中简称"汉"，有"汉家发祥地，中华聚宝盆"之美誉。中原美食文化更不用多说，因为已过中午，大家开始回想着印象中的汉中特色美食，选择着各自喜欢的美味佳肴。

我们打听到一处小吃城，里面有气味芳香、色泽鲜亮、食之爽口的特色面皮；有止渴消暑、营养丰富、待客上品的菜豆腐；有浇一层油泼辣子，酸辣清香、回味无穷的浆水面；有用芥末姜蒜提味，嚼之光滑、爽凉的粉皮子；有消暑解渴，令人胃口大开的冰豆凉粉；还有米糕馍、麻辣鸡、梆梆面、腊肉等，应有尽有。我们选择了不同的美食开始品尝，我吃了冰豆凉粉，又吃了一碗特色面，伴着油泼辣子，味道很是入口，有种到家的感觉。

饭后，我们驱车直接前往韩信拜将坛。

西汉遗址拜将坛，又称拜将台，位于汉中市城南门外。相传为汉高祖刘邦拜韩信为大将时所筑，因萧何说服刘邦"择良日，设坛场，具礼"。拜韩信为大将，从此重用韩信。

拜将坛南台西碑阳刻"汉大将韩信拜将坛"，碑阴刻"辜负孤忠一片丹，未央宫月剑光寒。沛公帝业今何在，不及淮阴有将坛"。让人回味这段痛楚的历史，感悟着"鸟尽弓藏，兔死狗烹"的情景。

汉中北依秦岭，南濒巴山，中间为汉中平原，中国著名的粮仓，是南北气候、江河分水岭，气候温润。刘邦在此地筑坛拜将，明修栈道，暗度陈仓，逐鹿中原，平定三秦，统一天下。汉中成就了汉室天下四百多年的辉煌历史。

院落里位列着"运筹帷幄之中，决胜千里之外"的张良、萧何、樊哙、陈平、郦食其、夏侯婴等西汉名将、谋士塑像。我怀着崇敬的心情拍照，遥想当年韩信，拜将坛封帅，是何等的意气风发，金戈铁马，横扫千军，留下了背水一战的奇迹和十面埋伏的神话。然而，"识时务者为俊杰"，这些名留千秋的一代英雄们，一副忠心变冤魂，化作一缕青烟消失在茫茫历史的天空中，化作一股英雄泪！

陕西汉中市韩信拜将坛

（注：图为陕西汉中市韩信拜将坛，也称拜将台，位于汉中城南环中路南侧，由南北两座土台组成，台高3米多，面积为7840平方米，相传为刘邦拜韩信为大将时所筑。南台四周用汉白玉栏杆围砌，台场平坦宽敞，台脚下东西各竖立一石碑，东碑阳刻"拜将坛"3个字，碑阴刻《登台对》。西碑阳刻"汉大将韩信拜将坛"8个字，碑阴刻七绝一首："辜负孤忠一片丹，未央宫月剑光寒。沛公帝业今何在，不及淮阴有将坛。"两碑相望，更为古坛增添色彩。北台上建有一亭，顶部是斜山式。斗拱飞檐翘角，下边枋檩竹等均施玄紫彩色和苏式彩画。此亭形体舒展而稳重，气势雄浑而大方，金碧辉煌，十分壮观。）

汉中是个人杰地灵的地方，有着太多的故事让人回味无穷。三国黄忠定军山下刀劈夏侯渊，赵子龙汉水之滨败曹军，诸葛亮六出祁山八年汉中屯兵，呕心沥血终葬定军山，历史湮没了黄尘古道，荒芜了烽火边城。本想驻足参观，但是由于时间关系，我们参观完拜将坛后，就沿着G316线，穿过石门栈道，北上陇南，进入了秦岭大山之中。

十八、张良庙

张良庙，英雄归隐处，一段寒心泪。

汽车穿过红石崖索道，路变得窄多了，沿着河流缓缓而上，沿途大山风景独好，我们只能走走停停，拍照留影。对面山里的十七盘古道在山中穿来穿去，忽隐忽现，异常神秘。路牌上写的"登紫柏山览天坦奇观，游张良庙访英雄神仙"在诱惑着我们快快赶路，进深山参拜张良庙。

从汉中到张良庙近百公里，一路大石挡道，碎石从天而降，走了两个多小时，来到令人神往的张良归仙处（隐居处）——"汉张留侯祠"。

张良庙位于秦岭柴关岭南麓，紫柏山脚下，依山傍水，古朴典雅，终年云霭缭绕，颇有仙家灵气。我们细细参观着张良庙，感悟着张良当年一路上山之艰辛，隐退之决心，未来之坦然。庙四周幽静肃穆，方圆百里苍松紫柏挺拔苍翠，鸟语清脆，空谷传音，让人对张良选择如此好的自然胜地佩服得五体投地。

遥想当年"汉初三杰"张良、萧何、韩信。刘邦说过："出谋划策，决胜千里，我不如张良；安抚百姓，筹集粮饷，我不如萧何；统帅百万大军，战必胜、攻必克，我不如韩信。"因此，聪明的张良待刘邦成就帝业后，就"急流勇退"，留在秦岭山脉深处的紫柏山上潜心修道，辟谷成仙。

游坐此地，想历史故事，看庙宇楼台，听流水低吟，不时飘来悠悠云雾，山林在云雾中忽隐忽现，变幻无常，让人顿生飘飘欲仙、游身世外之感，感慨张良能拿得起，放得下，一代名相的博大胸怀。

十九、紫柏山

到柴关岭垭口处，为汉中界，有一亭子，里立一碑，名曰："柴关岭。"我们停车擦汗、拍照，感受秦岭山中凉爽宜人的自然美景。

就此向前7千米，就来到紫柏山山门。

紫柏山，国家级森林公园，因特有的天坑和山顶上的草坦，被誉为"亚洲第一天坦群落"，素有"黄山归来不看山、九寨归来不看水、紫柏归来不看草"之称。紫柏山山势巍峨壮观，山上古树多为紫柏，故名紫柏山。紫柏山因汉留侯张良归隐于此而与华山、骊山齐名，山顶云雾缭绕，山下溪水淙淙，青山绿水，风景如画。

紫柏山山门巍峨壮观，门前十分广阔，一条柏油马路直通深山，山大云深，天快黑了，我们没有时间再去一探究竟，只好在门前拍照。登上城门远眺被云雾笼罩着的大山、深山，我才感悟到"云深不知处"的语境，幻想云雾深处的仙山梦境。

从紫柏山出发，我们沿留凤关风景区直奔陕西凤县，一路向山下行进，经过酒奠梁山口，远远就可以看见凤县县城。我们顺坡而下，来到凤县，天已经完全黑了下来，等我们找好宾馆住下时，时间已经很晚了。

我们洗漱之后，出来吃饭，逛县城。

凤县有着不亚于江南水城的"婉约"，县城夜景非常漂亮，夜幕降临，华灯初上，远处的山上全都是星星点点的灯火，如银河星阵，十分美观。嘉陵江滨河两边景色迷人，各种建筑灯火辉煌，小摊小贩正在忙碌地招揽着生意，游人如潮。我们在嘉陵江边滨河大道上的露天休闲处，找了一个凉爽的地方坐下，要了各种各样好吃的，扇着扇子，跷着二郎腿，喝着啤酒，听着身旁嘉陵江河水的汹涌声，观赏"亚洲第一高喷泉"，好好犒劳犒劳累坏了的自己。

第二天，我们起来得比较晚，就好像快回到家一样，心安理得多了。我们起来沿路逛逛白天的县城，看到江边各式各样的建筑，我感觉凤县建设的旅游城市比较成熟，服务设施一应俱全。

二十、灵官峡

我们顺着G316线一路西行，来到了灵官峡风景区。

灵官峡是嘉陵江上游第一道峡谷，集险、秀于一身。绝崖峭壁，江水如蓝，风景迷人，峭壁对面山体上雕刻着巨型的杜鹏程《夜走灵官峡》全文，宏大气魄，蔚为壮观，其文妇孺皆知，名满中华。峰秀水美，峡天一线，山谷"九龙嬉水"，十八罗汉仿古廊檐，千年护持"石笋"文物，传奇历险宫，张果老洞，给人神秘的感觉。由于在语文课文中学习过杜鹏程的《夜走灵官峡》，现在一见，颇有一种十分亲切的感觉。

中午到两当县，我和家人在探亲之后匆匆追赶"先遣部队"，夜住徽县。之后，我们去三滩，赏西峡，登鸡峰，返回兰州，足矣。

（2013年11月10日写于金城兰州）

人间仙境蓬莱阁

  蓬莱阁位于山东半岛北部，蓬莱史称登州，是重要港口，在历史上曾盛极一时，一提及蓬莱，人们就会不约而同地想起八仙，想起"人间仙境"。

  2014年7月21日，我在青岛会议结束后，有幸到蓬莱一游。我们先到烟台，观赏完烟台山之胜景后，于下午到达蓬莱市，住在小皂村一家"渔家乐"中，距海边100米，"渔家乐"老板很热情，亲自到车站迎接，他家里的双人自行车、电动车可以免费使用，对游玩者来说，可以说是天时地利人和的首选地。

葫芦宝岛，八仙过海

第三辑 情趣纸上跃

　　下午看了"八仙过海"雕塑，观光了海滨浴场。到蓬莱是一定要看八仙的，因为蓬莱与仙境相提并论，是因"八仙过海、各显其能"的美丽故事。脑海中浮现着支离破碎的传说，大家争先恐后地诉说记忆中的支离片段，诉说吕洞宾乘宝剑，铁拐李乘葫芦拐杖，张果老骑驴，汉钟离乘芭蕉扇，曹国舅乘玉板，何仙姑乘荷花，蓝采和乘花篮，韩湘子乘箫管，他们是如何诗酒狂放，醉酒后凭借着自己奇特的法宝，漂洋渡海的美丽神奇故事。

　　第二天上午，我们来到人间仙境蓬莱阁，过石桥，迎面一座四根石柱支撑的砖木大门，四根石柱分别镌有"神奇壮观蓬莱阁，气势雄峻丹崖山""丹崖琼阁步履逍遥，碧海仙槎心神飞越"的楹联，横批是"人间蓬莱"。导游告诉我们，"人间蓬莱"是苏东坡题的词，苏东坡素有"五日登州府，千年苏公祠"的美誉。

　　进入大门，穿过水城，拾级而上，内心开始激动。蓬莱素有人界、仙界、佛界"三界"之说，此时的我们已经步入了"仙界"。人们常说神仙的生活是"天上一日、人间一年"，今天就是我的一年。

　　我和妻子边走边照相，和游友们说说笑笑，不觉便来到了吕祖殿，殿中供奉着八仙中地位最高的吕洞宾，神像规模不大，但褒衣博带中含射着冯虚御风的仙气。旁边就是三清殿，供奉着道教的三位大仙，听导游说中间的是姜子牙的老师玉清元始天尊，西边的是道教中的最高神仙太清道德天尊（太上老君）李耳，东边的是上清灵宝天尊，分管天、地、水。其实这些是对是错我也搞不清楚，也无从考究，只是被导游说得恍恍惚、飘飘然、仙仙哉，思绪快速地调动着曾经的零碎记忆，感悟着这美妙神奇的仙境。

　　"山不在高，有仙则名。水不在深，有龙则灵。"蓬莱阁因仙而名是名副其实的。一会儿的工夫，我们就登顶进入主殿蓬莱阁。蓬莱阁是一个两层建筑，建在丹崖山山巅之上，面南背北。一层内供八仙，其神态各异，栩栩如生。这就是传说中的仙境至极，当年仙人无不在此采气修炼成仙，我想留张和妻子的合影，沾沾仙气，可在十分钟内拍的一批照片中，居然没有一张是没有陌生人的，想想现在的此地，可能已经无法修仙了，也许早已没有了仙气，反倒成了旅游的市场，人间的乐园。

　　二楼北墙上挂着的"蓬莱阁"巨匾，听导游说是出自清朝书法家铁保的手笔，让我顿生敬意。我环绕蓬莱阁一周，站在蓬莱阁北侧凭栏观海，袅袅云雾，缕缕海气，悠悠海风，飘飘欲仙。我真佩服古人们能发现如此之圣地，在此"仙境"喝点儿酒，不说八仙，就是我，住段时间也可以吟诗弄墨成仙了。此时，我彻底理解了八仙为什么要喝酒，而且要喝得酩酊大醉，就连何仙姑也不例外。

丹崖山山巅之上的蓬莱阁一层内主要陈设

（注：图为丹崖山山巅之上的蓬莱阁一层内主要陈设，是八仙的醉态，塑造得栩栩如生，活灵活现。）

我多想一个人就此清静清静，感悟"仙境"的美妙，体味神仙的日子。但接踵而来的人流簇拥着我不得不离开了"仙境"，回到人间。我坐在山坡一石阶上，想想当年秦叔宝大闹登州，何不就此成仙，可能是尘缘未了吧；理解了秦皇汉武驻跸登临，梦想长生成仙之幻念。忽得一句"蓬山此去无多路，青鸟殷勤为探看"的诗句顺口而出，想起当年痛苦、失望而又缠绵、执着的李商隐，寒蝉凄切。

其实，蓬莱阁景区是以丹崖山为中心，两翼为蓬莱水城和田横山。游蓬莱，一为登阁，二看水城，至于海市蜃楼那就不得而知了，得看你的运气而

第三辑 情趣纸上跃

定，我没有看到海市蜃楼，但却领悟了海市蜃楼皆幻影，身到蓬莱即是仙。

蓬莱阁与黄鹤楼、岳阳楼、滕王阁齐名，并称为"中国四大名楼"。我想可能是因了八仙而闻名，也可能是因了苏东坡的传世佳作、千古绝唱《登州海市》而闻名。在蓬莱阁临海的一面，有苏东坡"海市蜃楼皆幻影，忠臣孝子即神仙"的题词，也有赵朴初老先生"真临仙阁凌虚地，来读苏公海市诗"的行作，笔锋遒劲飘逸，增色山海。

挨着苏公祠有一个避风亭，亭内写有欧阳中石的"面北当风，风力虽狂绝不入；开轩秉烛，烛光故小竟长明"的题联。据说此亭虽面朝大海，却没有一丝风，真乃"海不扬波"，动了灵性。

蓬莱阁西面的山叫田横山，俗称老北山。现在有缆车直通山顶，此处是黄、渤海交界线，北端起点是海那边旅顺口的老铁山，天公造化，水色黄、蓝两重天。山下水城、炮台都是防御工事，一排排、一尊尊的大炮，陈列在水城城墙垛口，远处海上快艇急驰而过，勾起人们对历史的丝丝联想。

蓬莱仙境还有很多值得一看的景观，诸如董必武写的"丹崖仙境"鎏金大字；冯玉祥将军写的巨型石刻"碧海丹心"；"海天一色"的灯楼；"观止矣"的戏楼；天后宫、弥陀寺和合海亭，处处松柏苍翠，依山傍海，云涌浪托，恰似仙境，美不胜收。

我们游览了四个多小时，还觉得很多地方没有去到，很多意境未来得及感受，很多文化没有深刻体味，匆匆离去有些遗憾，现在细细忆起蓬莱仙境，真觉名不虚传。

告后来者：游蓬莱阁，应该感受仙阁凌空，体悟神山现世，欣赏万斛珠玑，享受渔梁歌钓，回味漏天滴润。留足够的时间和空间，感受蓬莱阁，看画栋雕梁，感云雾海气，出尘超凡。

（2014年10月31日写于兰州市第六十一中学）

再进川西　重温美丽

继2010年川西神秘、艰辛而又刻骨铭心的自驾游后，时隔三年，故地重游。这次我们选择的线路是兰州—若尔盖—松潘—茂县—汶川—理县—红原—兰州。此次旅行属于短线游，一行六天。但是期间发生的很多故事和自然美景让我久久回味，像陈年老酒，甜美醇香永不褪色。

一、沿途旅行

2013年8月6日，朋友临时相邀出去散散心，由于事情决定得突然，因我还有旁事，所以只能晚上出发追赶他们。下午6：00我们一家在大雨滂沱中从兰州上了兰临高速，过了临夏天就已经黑了。然而，雨是一会儿淅淅沥沥，一会儿风雨交加，看着车外如注的雨帘，听着车内妻儿困累的鼾声，我感到此时的我是多么让他们放心，自豪、幸福感油然而生，更增强了我努力驾驶且乐此不疲的信心。

清晨7：00，在颠簸了一整夜之后，车子终于到达若尔盖县城，我在瓢泼大雨中唤醒了昨天已到达，酣睡了一整夜的朋友们。在县城补充了点儿能量之后，我们沿着川朗公路G213线，穿过广袤无垠的若尔盖草原，来到群山连绵、林涛澜荡的松潘县城。

二、松潘

松潘，古名"松州"，入川门户，交通枢纽，兵家必争之地。古有"扼岷岭，控江源，左邻河陇，右达康藏"，是"屏蔽天府，锁阴陲"之地。现在的松潘县城古今混流，既复制保留了当年的老城遗址，又充分体现了现代化的城市气息。城墙古朴恢宏，城门庄严肃穆，战马萧萧，守将赫赫塑立，汉藏和亲的雕塑，让人忆起当年。

在"汉藏和亲"雕塑下留影

（注：图为"汉藏和亲"雕塑。唐朝时，吐蕃赞普松赞干布派使者前往长安求婚，后文成公主入藏和亲，实现了唐蕃会盟，留下了千古佳话。）

到达松潘县城，已是中午时分，天也放晴。远山近景，小桥流水，游人如织，心情也跟着天气转好。这别具匠心的古镇，千古传唱的佳话，让我们流连忘返，都没来得及吃饭，一看时间不早了，就带了点儿干粮，驱车直奔牟尼沟。

三、牟尼沟

牟尼沟，三步一湖，五步一水，神韵天成，自然乐章。

从地图上看，去牟尼沟要到距松潘县城14千米的安宏乡再折转到牟尼沟，距离30千米以上。然而，我们到松潘县城的G213路上才发现，现在已经打通了通往牟尼沟的直线隧道，从松潘县城西山的半山腰穿山而过，就进入了牟尼沟风景区。

　　牟尼沟景区主要有二道海和扎嘎瀑布，据说这里的海子可与九寨沟比美，这里的钙化池瀑布可与黄龙瀑布争辉。

二道海山门留影

　　（注：图为二道海山门，门很是简单。但是简单之中透着古朴，屋檐上布满青草，远远看去山色合一，门和自然融为一体，好像不想破坏这般和谐的自然胜景。）

　　我们先去二道海景区。二道海海拔3385米，属于钙化塌陷湖。山势越来越高，天阴得越来越厉害，我们到景区门口时，天正下着密密的细雨，我们穿好雨衣，进入景区，在雨中慢慢欣赏这里的湖、水、山、林，感受着如九寨沟一般的山水。雨中的湖水也是千姿百态，别有一种味道，这里游人很少，很是原生态，让我想起1997年我和爱人一起去九寨，住九寨，玩九寨，徜徉在九寨美丽如画的湖水中的情形，那时的九寨也是很原生态的，游人很少。想想现在的九寨，我和爱人都不约而同地庆幸能见证原生态的牟尼沟。听当地人说，现在的牟尼沟也成了季节湖，水位或高或低，有的海子已经干涸了。

　　在5千米多的栈道中穿行，古树参天，大大小小的海子星罗棋布，钙化池颜色各异。天鹅湖是进入二道海景区的第一个湖泊，百花海是沟内最大的一个湖泊，因夏秋水面浮生大量水草小花而得名，还有湛蓝的犀牛海等，景色的确颇似九寨沟。此时是雨在林中下，水在林中流，树在水中长，人在林中行的奇妙感觉。应了那句妙语："你站在桥上看风景，看风景的人在楼上看你。"在二道海景区的尽头，有三处温泉池，虽然下着雨，水不是很热，但我还是脱光了衣服，泡了进去，很想融入自然，感悟山水。此外，还有像牛的两个鼻孔的牛鼻泉和供游人品尝饮用的甘露泉。

温泉的水可能不到30摄氏度。但是我泡得一点儿都不感觉冷，反倒一个人静静地享受起这人间天堂，自然仙境，感受那种滑滑的、腻腻的水的抚摸，安逸自然，只是心疼了爱人，一个劲地催促我上来，我这才恋恋不舍地穿好衣服，带上行囊下山。

天已经不早了，我们赶紧驱车直奔扎嘎瀑布。扎嘎瀑布和二道海仅一山之隔，对扎嘎瀑布，可以这样来形容我当时的感觉：非常震撼！扎嘎瀑布堪称第二个黄果树瀑布，享有"中华第一钙化瀑布"之美誉。

"扎嘎"，藏语意为白石上的激流。扎嘎瀑布落差100多米，宽40多米，从谷底到瀑布绝顶总长约2300米，其飞泻而下，气势磅礴，涛声十里，其声响似万马奔腾，其气势咄咄逼人。远看宛如银河落九天，近看似万斛珍珠在跳跃，瀑布一泻三阶，萦绕山涧，真乃天下奇观。

扎嘎瀑布群主瀑布留影

（注：图为扎嘎瀑布群主瀑布。时值傍晚，小雨渐渐沥沥，游人很少，在幽深的峡谷中只有我和爱人，显得甚是寂静，如果不是天晚的缘故，我们定会在瀑布旁的小椅子上坐一会儿，听听这响彻山谷的瀑布声。）

瀑布两旁有木制的人行栈道，可以盘旋到瀑布的上面，从另一种角度观赏瀑布，更近距离审视扎嘎瀑布的真面目。我和爱人顺势而上，感受着这钙化的巨大岩石，林中叠瀑，浪花四溅，钙化石壁，流光溢彩，格外美丽，置身其中，终生难忘。

至今回味美丽动人的牟尼沟，恬静自然的二道海，气势磅礴的扎嘎瀑布和金光闪闪的肖包寺，还能让我忘却烦恼，宁静无比。

四、茂县

我们从牟尼沟出来，夜住松潘县城。第二天继续沿G213线顺岷江而下，经叠溪海子直达茂县。沿途处处是自然景观，仿佛置身于水墨山水画之中。但5·12汶川地震留下的痕迹随处可见，让人不敢怠慢，很多险要之处亦是景色迷人之地，却只能匆匆而过，不敢逗留分享美景。

中午时分到达茂县县城。

茂县，因茂湿山而得名，处地河谷深邃，岷江之畔，高山耸峙，峰峦叠嶂，境内有九顶山、坪头羌寨、黑虎羌寨、松坪沟等景点。茂县是世界最大的羌族核心聚居地，享誉中外的中国羌都就坐落于茂县县政府所在地——凤仪镇。

我们驱车游览了茂县县城，看到处处流露着地震之后新修建住所的痕迹，整体规划得整齐划一，人民的居住条件明显得到了改善，三三两两的人正在悠闲地干着自己的家务活。整个县城安然自得，没有人山人海、车水马龙的感觉，在周围高大群山的衬托下，像进入世外桃源一样。

我们选择了县城最著名的地方——中国古羌城。中国古羌城，是在5·12汶川地震后重建的5A级旅游景区，非常漂亮。中国古羌城包括中国羌族博物馆、羌文化广场、羌王官寨、炎帝广场、天碉、羌乡古寨、彩虹云梯、古羌城门、水系景观等。有些正在修建中，我们只是有选择性地参观了部分建筑群。中国古羌城门前有宽阔的广场，内部有各式各样的建筑群，是目前全国乃至世界唯一的羌文化最大核心展示地，让我们大开眼界，一睹风采。

在中国古羌城门前的宽阔广场留影

（注：图为中国古羌城门前的宽阔广场。在游完中国古羌城后，和爱人合影留念。时值正午，茂县县城艳阳高照，雨后湿温高热，有点儿喘不过气来。）

　　茂县距汶川40余千米，我们计划到汶川吃午饭。到达汶川时已经快两点了，我们自由活动两小时，包括吃饭、游览县城。汶川原来怎样我不知道，也没有来过，现在的汶川建设得非常漂亮，高楼林立，非常现代。我开车在县城转了一圈，在车中欣赏了汶川县城全貌。停车后，参观了汶川地震博物馆、汶川时代广场、姜维城、汶川图书馆，品尝了地道的川菜，拜访了四川的郎中，开点儿缓解呕吐的良药后开拔，抵达理县。

　　这里不得不说的是汶川距都江堰不到80千米，到成都市也就100多千米，而且是高速路，很近的，大家蠢蠢欲动了一番。但是由于开学时间马上要到了，大家在理智的支配下，很不情愿地掉头北上，去欣赏童话般的米亚罗。

五、龙溪羌人谷

　　出汶川不远就是著名的龙溪羌人谷。羌族，自称"尔玛"，羌族人民生活在大山之巅，村寨建在半山之上，被称为"云朵中的民族"。其实参观了龙溪羌人谷，就没有必要再去桃坪，因为这里也有最原始的龙溪羌关，保留着完整的羌族古老民风，对于怀着看一看想法的我来说已经足够了。当然，要真正了解羌族文化，还得去桃坪羌寨，因为那里有距今2000多年历史的被称为神秘"东方古堡"的桃坪羌寨。

龙溪羌人谷大门口留影

（注：图为龙溪羌人谷大门口。建筑装饰给人回归原始图腾时代的感觉，幽远神秘。正午时节，路上没有行人，进入幽静的谷中，有点儿毛骨悚然的感觉。）

顺着山坡走进羌人谷，也许不是周末的缘故，整个寨子没有游人。因为天热，人们都躲在屋舍里休息乘凉，寨子如此安静，安静得让人毛骨悚然，不敢入内，我们几个壮大胆子继续向谷里走去，四周高山环抱，水雾缭绕，溪流潺潺，有如走进世外桃源，让人有种恍如隔世的感觉。有人建议，我们还是出去吧，大家不约而同地积极响应。

在临近马路的寨门前，我们照相留念，从外面观看了羌寨标志性建筑——碉楼。羌语称碉楼为"邓笼"，主要是用以御敌和贮存粮食、柴草之

第三辑　情趣纸上跃

用，精湛的工艺使得碉楼素有"百年碉不倒"之说，居高临下，有一夫当关，万夫莫开之势。

羌族的房屋叫作庄房，羌语叫"窝遮"，建筑矮小，冬暖夏凉。羌寨巷道纵横，恰似迷宫，但对本寨人来说进退自如，每一处都让人感慨颇深，也钦佩羌族人民世世代代与残酷自然斗争的顽强，感动于羌民族生生不息之伟大。

六、九子屯山庄

从龙溪羌人谷出发，一会儿工夫，我们便来到了九子屯山庄，好像是个小集市，有卖各种各样水果的小摊贩，非常热闹，大家来了兴致，停车采购。

各种叫不上名目的山野水果，爱人买了几大袋，我们坐在路边河道旁，用水冲冲，细细品尝其中的味道。这时过来十几个羌族妇女，好像参加什么活动归来，说说笑笑，冲着我们调侃着什么，我们一句也听不懂，我猜她们肯定是喝了不少的"咂酒"，抑或是在深山里困得久了，想借着酒劲释放自己压抑的情绪。但是她们的率真、纯性反倒吓着了我们，一个眼神，大家纷纷上车，急匆匆驾车离去。

沿途目睹了四姑娘山的山尖，2010年的时候，我们是从南面登上四姑娘山的。今天，我们又从北面仰视了她。下午到达理县县城，找了城中最繁华热闹的酒店住下，旁边就是理县跨江大桥。晚上品尝了四川的火锅，可怜的我只能吃"杂菜肉丝面"（肠胃不适，正在用药）。

七、毕棚沟

第二天一早，我们驱车前往著名的风景区——毕棚沟。

毕棚沟景区位于距离理县县城20千米的朴头梭罗沟境内，四姑娘山北麓，景区全长约45千米。因此，只能坐大巴车进沟，到龙王海下车，再选择徒步或者坐电瓶车游览。

毕棚沟的第一站就是龙王海，我们去的时间正好是盛夏，天气晴朗，万里无云，湖水碧蓝幽静，清澈见底，远处白皑皑的冰峰在太阳的照射下闪闪发光，真是难得的好天气。我们选择徒步游览。

龙王海留影

（注：图为龙王海。海子很宽阔，水很蓝、很透，青山绿树倒映在湖水中，远处冰峰点缀其上，让人感觉进入"仙境"，心情豁然开朗。这时只有照相机能够发挥作用，将这美妙的"人在画中，画在景中"景色长留。）

　　第二站我们来到海拔3300米的红石滩。这里成片的红石犹如玛瑙般镶嵌在溪沟和丛林之中，生物专家说红石是被花岗石上的一种特殊的红色藻类布满的岩石，这种特殊藻类只有在空气质量相当好的地方才能生存。我们不由得驻足观察留影，大口大口贪婪地交换着肺里的"污浊"，感受着清新甜润的天然氧吧，真想带点儿回到城市。大自然鬼斧神工，只有这里有红石，高一点儿、低一点儿的地方都没有发现，我不由得感觉到我此时身处的地方有吸纳天地之灵气，孕育生命，赋予灵性之神奇，我也有些仙仙哉，飘飘乎。

　　此时，有人呼吁我们赶快走，别影响了可爱、纯洁红石滩的天然"纯度"，我们都很自觉地离开了，好像此时的大家都心有灵犀一点通。

美丽的红石滩

（注：图为美丽的红石滩，旁边设有人工的观景台。9点左右的天空，湛蓝透亮。在这蓝天、绿树丛中的红石滩格外光彩夺目、色泽鲜艳，老远看去，才真正阐释了什么叫"万绿丛中一点红"的意境。）

我们在毕棚沟的第三站是卓玛湖。湖水湛蓝，蓝天映衬，不知何时天空飘来几朵白云，映在湖中，似仙女衣带，似洁白的哈达，柔美飘逸，真像美丽可爱的卓玛一样。远山近水，奇峰异石林立，女皇峰、才女十二峰巍峨耸立，叉子口冰川、燕子岩冰川、大雪塘冰峰，万年冰川倒挂山坳，包裹山峰。其下是大草片珍珠瀑、美人链瀑布、神鹿峰千丈瀑、水帘洞等水群。再下是湿地滩、草莓滩、草海。最后是各式各样的海子，如龙王塘、大雪塘、寇乡约塘等。毕棚沟属山地立体性气候，空气污染度为零，其山、其峰、其湖、其雪山、其冰川，美不胜收，令人久久难忘。

卓玛湖一角

（注：图为卓玛湖一角。眼下湖水碧蓝，远处雪峰耸立，8月份的雪峰早已经凝固成冰，牢牢地镶嵌在冰冷的岩石上，任阳光肆意照射而无动于衷。夹在中间的是绿的世界，树的森林，动物的乐园，层次分明，宛若一幅漂亮的山水画卷。）

我们在毕棚沟的最后一站是磐羊湖，因为这里常有野生磐羊出没而得名。这里的湖面更广阔，离天更近，色彩层次更丰富，湖面远处设有人工木制栅栏，休凉亭，冰川就在眼前，给人来到仙境一般的感觉。我急不可待，三步并作两步，最早到达休凉亭，乘机小眯一会儿，闭上眼睛感受此处的修炼佳境。

毕棚沟是国内非常知名的红叶观赏胜地，地处米亚罗自然保护区的核心区域，冰川彩林，红叶天堂，四季来毕棚，四季景不同。

八、古尔沟温泉

游完毕棚沟，大家已经累得走不动了，只好坐电瓶车到龙王湖，换乘大巴出沟。毕棚沟距离米亚罗约35千米，原计划夜住米亚罗。但是，在路上偶遇一雪中送炭般的奇景——古尔沟温泉。

为什么这样说呢？一是我们出发前的功课没有做充分，知道有古尔沟，却不知此处有温泉，而且还非常著名，水质非常好。二是爬完毕棚沟真是人困马乏，累得想睡一觉，这不瞌睡遇到枕头了吗？三是刚刚出了一身汗，满身腻歪歪的，正想冲冲凉。四是据说米亚罗的住宿费很贵，有没有住的地方也不知道。而古尔沟温泉解决了我们的全部问题，何乐而不为呢？因此，古尔沟温泉留给我的印象非常好，除了四川天赐温泉以外，古尔沟温泉是我去过最好的温泉了。

我们住在一个叫"神峰温泉"的宾馆，其实就是"林业宾馆"。院子里有一个大大的温泉池，水质很好，如果住宿，泡温泉是免费的，住宿费也不贵，标间一晚120元，很是划算。

我们迫不及待地换好衣服，冲下宾馆，跳入热腾腾的汤池中，洗去几天以来的疲劳，孩子们可高兴了，这里是他们这次出来最喜欢的地方。

古尔沟温泉位于理县古尔沟神峰山下杂谷脑河畔，距理县县城32千米，平均海拔在3500米，昼夜温差大。古尔沟温泉源于一条热矿泉，它水温高达

62℃，每天2000多吨的流量，最难能可贵的是在穿越了无数的山涧后到达成阿公路旁边时依然热气缭绕。古尔沟温泉水是属于淡矿化、热硅水型医疗保健热矿和偏硅酸型天然饮用优质矿泉水，是目前四川省内唯一集浴用、饮用、疗用于一体的天然热质矿泉。古尔沟温泉水早在一千年前就被誉为"神水"，享有"仙山瑶池、灵水神泉"的美誉。

古尔沟温泉有30多个温泉浴池，具有美容、护肤、减肥、延年益寿等功能功效，形成了吃、住、行、游、购、娱服务一条龙。景区气候宜人，高原特征明显，春秋期长，清凉无夏，是有名的避暑胜地。

吃完晚饭，大家游览了气候适宜的古尔沟镇，了解了当地的民风民俗和一些未知话题。回到宾馆，发现宾馆温泉汤池中人多起来了，我们买了啤酒，也加入其中，边喝边泡边聊天，直到深夜才回宾馆。

古尔沟温泉山庄留影

（注：图为古尔沟温泉山庄，是古尔沟镇最大、最豪华的温泉山庄之一。依山傍水，山庄绿化自然优美、设施比较齐全。）

九、米亚罗

我们第二天起来，前往米亚罗镇，计划晚上赶到合作市。

米亚罗（藏语），意为"好玩的坝子"。位于四川省川西理县境内岷江上游杂谷脑河河谷地带，邛崃山脉北段，美丽的鹧鸪山南麓，景区全长127千米，是我国面积最大的红叶风景区。

景区内群山连绵，江河纵横，道沟、山梁横七竖八，纵横交错。沟沟有红叶，沟沟有融雪，沟沟有泉涌。林海浩瀚，空气清新，四季风光宜人。尤其金秋时节，米亚罗就成了"火"的世界，万树姹紫嫣红，争奇斗艳，整个山梁、河流、蓝天、白云都被映红，构成一幅"映山红"的金秋画卷。

米亚罗镇留影

（注：图为米亚罗镇，是新建设的部分，老城区紧挨着新城区。平日里新城区人比较少，很多房屋都是空的，只等每年的红叶节游客们光顾。到那时，这里的房屋应该就寸土寸金了。）

每年的10月中旬，理县都举办米亚罗红叶节，童话般的美景让游客应接不暇。此时的山被红叶遮掩，水被红叶浸染，道被红叶铺成，一簇簇、一团团燃烧成米亚罗秋的火焰。置身其中，让人有种神奇梦幻般的感觉。

我们来的时候，米亚罗是绿色的世界，一片生机盎然、郁郁葱葱的海洋。沿河而上，穿过了无数个隧道，来到米亚罗镇，镇子不大，感觉好像都是新修的房屋。我们找了一家早餐店一边吃饭，一边欣赏着米亚罗的风土人情，想象着红叶节的盛况。

第三辑　情趣纸上跃

由于赶时间，我们在米亚罗就没有再多停留，吃完饭后，一边走一边欣赏着眼前的美景，路况出奇好，车内优美的音乐伴随着米亚罗的美景，真是陶冶情操的好地方，边走边拍照，想让这美景永驻。

我们沿着G317线，穿过鹧鸪山隧道，进入S209线，来到了我们三年前入川时最记忆犹新的泥泞路。然而，现在的柏油马路让人眼前一亮，原来的刷经寺路段让我们走了一上午，现在只要十几分钟，我们不由得感谢起党和国家，感谢四川人民，让这糟糕的路段变成现在可以欣赏的风景区。

我们到达红原时已经过了中午，天气格外好，万里无云。我们在月亮湾碧波荡漾的白河边拍照，在草场上嬉戏，感受着草原别样的情致。

回家的心情别有一番风味，我们沿着S209线直达唐克转入若尔盖，进入川朗公路G213直奔合作。在回合作的路上雷电交加，豆大的冰雹打得车子劈劈啪啪地响，全线行车速度在每小时5千米，到达合作已经天黑了。

第二天一早我们平安返回兰州，结束了为期六天的行程。这美好的六天记忆，将伴我终生，历历不忘。

（2014年11月12日写于兰州市景耀勇名师工作室）

美轮美奂云崖寺

　　2011年酷夏，我们一行经宁夏泾源，沿着六盘山山脉腹地，途经野荷谷、老龙潭、六盘山森林公园来到甘肃庄浪韩店镇国家4A级森林公园云崖寺。

　　云崖寺，位于甘肃庄浪县城东25千米，六盘山山脉中陇山山脉西麓，关山密林深处，是一座雄居奇峰秀岭中的历史悠久的石窟群。云崖寺始建于北魏，后经北周、金、元、明、清历代修葺扩建，已形成一潭、一湾、三洞、五台、八寺、十六峰、十八奇观异景，是丝绸之路的著名驿站。

云崖寺国家森林公园正门

　　（注：图为云崖寺国家森林公园正门，距平凉市庄浪县城东25千米，S304省道旁，交通十分方便。在历史上曾与崆峒山、麦积山、仙人崖等胜地齐名，是中国自然胜景中保护最完好的一块瑰宝。云崖寺石窟位于海拔1402～2875米的关山之上，山崖悬空，重峦叠嶂，洛水凝碧，是天然的旅游胜地。）

"一潭"指的是滴水潭;"一湾"指的是殿湾;"三洞"为三教洞、罗汉洞、千佛洞;"五台"为东南西北中五个台;"八寺"为云崖寺、大寺、红崖寺、竹林寺、西寺、乔阳寺、金瓦寺、佛沟寺等,真乃"深山藏古寺"。

我们一早驱车沿S304道穿过关山隧道,来到了云崖寺国家森林公园门口。雨后的清晨空气格外清新,天空湛蓝,万里无云,我们的心情和着天气,异常兴奋,停好车直奔云崖寺景区。

云崖寺门票60元,门前有启功亲笔题写的"云崖寺"三字,气势恢宏。景区内没有观光车,我们沿着进沟的一条公路慢慢上行,路很平缓,刚转过两个弯,扑面而来一个拦路大坝,横在眼前。大坝左边是车辆可以通行的柏油路,右边有一条小路可以直达坝顶,我们迫不及待地抄小路一口气登上大坝。首先进入眼帘的是一汪碧绿的水库,周围群山环抱,密林森森,眼前顿时宽阔。这个水库叫竹林湖,据说是庄浪县有史以来规模最大的水利工程,高原峡谷出平湖,解决了当地很多民生问题。湖上有游船,可以乘船直接从水路到达主景区云崖寺。也可以从右手方向,沿水库旁边的山间小道前往景区,步行也就20分钟左右。

我们选择徒步,穿梭在山间密林之中,欣赏沿途的不同自然景观,俯视脚下绿色的湖水,山林倒影水中,移步换景,别是一番风情。不知什么时候,蓝天上浮出了片片白云,也竞相投影湖水之中,来为这丹霞山林增色,真是"人面桃花水映红"。

途经仙人头、飞来石等景点。其中秋千架最为特别,是由两个突兀而起的巨大柱形石笋并立而成,状如"秋千架",有着美丽的传说。听着导游断断续续的讲解,踩着千百年里布履缁衣、峨冠束带的进山虔诚朝山者们曾经的足迹,想着自然人间的神奇趣事。山还是原来的山,石还是原来的石,人却大有不同;山里幽静圣洁,安逸和谐,山外朝代更迭,兴衰浮沉,一切都被湮没在无情的岁月沧桑之中,灰飞烟灭。

一会儿工夫,大家便穿过聚仙桥,来到了金牛赐水。在河谷溪水中嬉戏,畅饮山涧"金牛赐水",很是惬意,久久不愿离开。云崖寺景区很大,寺也很多,我们选择登对面的金瓦寺,因为金瓦寺地势险要,高耸云端,在悬崖峭壁之巅,很是诱人。

丹霞峭壁之上的金瓦寺

（注：图为修建在丹霞峭壁之上的金瓦寺，从沟底望去，高耸入云，悬崖峭壁之上修有厅阁，凿有石洞，有人们居住的痕迹，有些地方十分危险。我们出于好奇，沿着现在新修的水泥石阶，抓着铁索盘旋而上，登而观之，见证人间奇迹。）

金瓦寺位于云崖寺左侧2千米处，石窟全都雕琢在悬崖峭壁之上，非常险要。我们沿着新修的崎岖不平的山路，顺着峭壁边缘的树缝，攀着铁链缓缓向上，不敢向下看，有种悬空的恐惧。在金瓦寺的几处石窟旁，我们不敢逗留，匆匆拍照离开。等到登上金瓦寺，到达天台观时，大家已是汗流浃背。选择一处稍为平缓之地，以石盘为餐桌，大家围坐在石凳上，拿出带来的饭菜，避暑纳凉，边吃边感慨如此美景。极目四望，悬崖峭壁，奇峰险岭，层峦叠嶂，万木葱茏，一片翠绿，远山近水，一览众山小。

看这景，这人，不由让人对茶当歌，感慨自然的伟大，人类的智慧。

金瓦寺顶

（注：图为金瓦寺顶，一览云崖寺国家森林公园前山及水库景区。）

175

饭后，我们从山峰叠峦深处，经湘子洞绕道下到云崖寺后沟，穿过小桥便到了云崖寺脚下。

云崖寺红墙黄瓦，宁静肃穆。坐北面南，坐落在丹霞山崖之下，沟坡一石台之上，溪水从石台之下缓缓流过，像一个悬空寺。登上其门，但见门楣上是"云崖寺"三个镏金大字，两侧对联"金沙水拍云崖寺，玛瑙山横北大门"，殿上经幡随风舞动，殿内陈设简单精致。云崖寺所在山峰、被众山环拱，悬崖如厦、绝壁如堵，寺覆岩下，雨不能及，真乃一处神仙宝地。

云崖寺一峰突起，其峰三叠，高达150米。云崖寺中有石窟雕像分布于三层悬崖之上，共有云崖6龛，石造像55尊，壁画16平方米，题记3处，铭碑2块。我们沿着石阶铁链而上，第一层有白云洞，相传为山僧法印所辟，有"朝夕多云、而云多白、洞中出云、洞上盘云、洞前驻云"的奇观。过去有梯可攀，而今梯锈路绝，无法进洞。一层洞外现在多为僧人居住的地方。第二层洞窟较多，西洞残留北魏、北周石造像12尊。其中有一座高32米朱朗锜造像，端庄古朴，雕像严谨功精，有较高的艺术价值。第三层有一深10米、宽5米的大洞，洞中有明万历十二年石碑两块。一块为《主山云崖寺成碑记》碑，碑文系韩端王朱朗锜撰写，记建寺经过。另一块为《云崖刊石撰书碑》，碑文代书人修平，记施立功德和云崖寺住持真晓的来历。这些石窟雕像、造型生动、做工精细、栩栩如生，是不可多得的艺术珍品。我们走在其上，看雕梁画栋，一排排大红灯笼在太阳照射下闪闪发光，着实耀眼；再看身下万丈深渊，真是"云扶石崖崖扶云，佛依山寺寺依佛"。

我们走到东面尽头，发现还有一处石窟群，可以通过悬梯大门到达。但是，大门上锁，木栈道早已毁坏，现在僧人修的通天梯，非常危险，我们也就望而却步，未敢攀登。

站在山崖的木栅栏上看那古老的石雕石刻，能闻到历史的味道，古朴清凉。对视面前的秀山奇峰，山色阑珊，丹峰奇谲，视野极为广阔。俯视脚下沟道里，一湾溪水潺潺流过，木桥小亭横亘路旁，山下游人如蚁，不远处宽阔的云崖广场和山下的草坪上，几处毡包影影绰绰；左边"金龟饮水"，右边"银蛇摆尾"，隐约可见；试斧山横列面前，一幅深山藏古寺、碧水勾岚石的美图，这就是人们向往已久的绝壁上的佛国。险哉，美哉！

位于云崖寺东面没有登及的石窟

云崖寺景区很大，纵深之处有西寺、大寺、罗汉洞等景点，由于时间紧张，我们只得从云崖寺广场坐景区内的车辆，经西寺到达大寺，然后徒步爬至罗汉洞，直至木匠崖。

从大寺沿沟而上，很有些距离，坡度也大，正当大家累得走不动的时候，眼前一汪泉水，旁边树杈上挂着一个木瓢，上面有文字注明："此水可以直接饮用。"我们迫不及待地大口喝了甘甜的泉水，啧啧地品尝着泉水的味道，大家都有"雪中送炭"的感觉。稍做休息，大家各自灌满了自己的水壶，继续向山顶进发。

来到山岭之上，发现峭壁间古代栈道的印记依然清晰，崖与崖、寺与寺都遥相呼应，整体贯通，景区内到处都有古人生活的影子，整个山崖处处都留有人类的痕迹。最为壮观的是那些千尺绝壁，其形如睡狮，悬若阁檐，其中最有传奇色彩的是舍身堡，又称"舍身崖""木匠崖"。站在其上让人想到电影里的"蜘蛛侠"，飞崖走壁，穿行在悬崖峭壁之上，着实让人折服。

第三辑 情趣纸上跃

舍身堡

　　我们站在山岭的制高点上，盛夏时节，任凉风飕飕，很是爽快。极目远眺，茫茫林海之中，秀岭奇峰，鳞次栉比，犹如八百罗汉列坐诵经。近观云崖，以主山白云洞为中心，玉皇顶周围有四台：东台观音山，后有笔架峰，巍峨高耸，赤壁千仞，上有观音洞、湘子洞；南台叫千尺台，后有升云峰，绝壁耸立，怪石林立，错落有致；西台竹枝峰，后有狮子峰；北台叫日月台，后有神仙桌峰。棋盘岭、神仙桌、卧驼峰、金瓦寺等峰，与前面的云崖峰合成一幅"五老观太极"的图画，让人大饱眼福，意趣盎然。

　　原本计划用半天时间游完云崖寺，现在看来，用一周的时间才有可能走完所有的景点，了解各处的历史文化。我们晚上要赶回兰州，看看渐晚的天色，便不再奢望去红崖寺了，也不能久留山巅，感受这醉人的天然氧吧，只能匆匆下山。我们选择从舍身堡上一处行人走过的痕迹顺崖而下，直取近路。

　　由于不知此路是否能通往山下，我们只得兵分三路。我一人在前面打先锋，一路小跑前去探路；年轻男士中间紧跟；妇女儿童紧随其后。如果发现是死路，我会在前面及时喊话通知返回，这样可以节省时间。从崖上到沟底，坡度大概在六七十度，非常难走，眼见快到山底，越发感觉没有路可走，越感觉阴森森的。我边跑边喊话，给自己壮胆，又捡了一根木棍，边跑边"清扫"前面的道路，怕的是碰上毒蛇，陈年树叶踩上去软绵绵的，湿滑的藤条横在路上，让我摔了两跤。但是，现在返回的话困难就大了，无论如何要找到出路。十五分钟的样子，我已经赶到沟底，看到了对面的马路，路是通的。但是，由于夏季刚下过雨，一条涨满的小河挡住了去路，如何过河？我们找来一些树枝，搬来了石块，架起了简易的木桥，连拉带拽，大家终于顺利到达马路上。

当然，肯定少不了湿了鞋脚，大家没有时间了，全然不顾，拦了一辆车子，不再讨价还价，匆匆赶到湖边。我们坐着快艇返回大坝码头，赶回兰州已是深夜。

在云崖寺公园虽然是匆匆一游，但是云崖寺公园秀美的山色、突兀的奇峰、清幽的山林、风格迥异的洞窟佛像、精巧玲珑的悬阁危楼让人回味无穷，流连忘返。还有许多著名景点没来得及观赏，很是遗憾。

云崖寺横亘在进入中原的最后一关六盘山的"关山"中间，过了此关经平凉直取长安，地理位置非常重要。

史载"山势环抱，溪水潆洄，松杉柏桧，翠竹名花，蔚蔚苍苍，青葱掩映"，是对云崖胜境的真实写照。

（2015年元月6日写于金城兰州西固城）

第三辑　情趣纸上跃

三伏天，话茯茶

　　2016年8月14日，在参加完陕西师范大学中政参组织的首届课题与论文写作研修活动之余，我和西北师范大学卓教授，在陕西师范大学雷院长亲自开车的陪同下，我们一行三人驱车来到距离西安市40余千米的陕西咸阳市泾阳县茯茶小镇，慕名考品泾阳茯茶。

　　三伏天的西安，像个蒸笼一样，空气近乎凝固，太阳火辣辣地炙烤着大地。然而，雷院长的车里凉凉爽爽，好不舒服，谈笑中不知不觉便经延西高速到达茯茶小镇。

茯茶小镇

　　茯茶小镇是泾阳县政府打造的以茯茶为灵魂，以文化为依托，通过挖掘泾阳深厚的历史文化，用文化旅游辐射经济，带动村民增收，助力村民创富，重现"茶马古道"的历史辉煌，集茯茶文化、关中民俗文化、丝绸文化为一体的综合性休闲旅游度假小镇。

七八月份的茯茶小镇游人不多，它的旅游旺季是每年的四五月和十月份。但是很多的商铺都在开门营业，我们咨询了几家茯茶小店，初步了解了泾阳茯茶的一些常识，便选择了一家比较有档次的茶楼开始品茶。当然也是天公作美，热得实在没有办法继续参观的缘故。

茶楼的老板是地地道道的陕北人，对泾阳茯茶很有研究，他为我们熬煮了几壶不同年份的茯茶，我们在细细品味中，聆听着老板的耐心介绍。

茯茶，属中国六大茶类中的黑茶，是后发酵茶，也是全发酵茶。中国六大茶类是指绿茶（不发酵）、白茶（轻微发酵）、黄茶（轻发酵）、青茶（乌龙茶，半发酵）、黑茶（后发酵）、红茶（全发酵）。茯茶因在伏天加工，故称伏茶，又以其效用类似土茯苓，美称为茯茶、茯砖。茯茶是我小时候常见的茶品之一，在我的印象中，人们不叫茯茶，叫砖茶，因为它的形状酷似砖块。

我的老家在庆阳，和陕北相连，在我的记忆中，砖茶是老人们喝的，是德高望重的人喝的，是有闲暇时间的人喝的。现在想想又好像是会享受生活的人喝的，也许就是我们说的"品茶"。记得每逢过年过节和重要客人到家，都要在火炉子上，用粗铁丝捆绑一个被烧得黑乎乎的铁罐罐，在里面放些"砖块"，加点儿水，放在火炉上熬，比较专业一点儿的是一只手扶着捆绑铁罐罐的粗铁丝上，像一个长长的把子，另一只手拿着一个木棍搅动罐罐里不断沸腾的茶水，直到熬煮成黑黑的、稠稠的，有时可以黏稠成线，记忆中这茶是特别特别苦的，人们形象地将它叫作"罐罐茶"。

我是没有喝"罐罐茶"的习惯，因为记忆中的"罐罐茶"都是大人们喝的，对"罐罐茶"的印象都是儿时对家乡的记忆，成年之后，回家很少，也没有机会品尝"罐罐茶"的味道。但是我有为长辈们熬制"罐罐茶"的记忆。记得熬制的砖茶好像没有现在茯茶小镇的砖茶贵，熬制的过程比较有讲究，熬茶过程分几水，一般第一水的茶都是黏稠成线状的，倒出来只有一点儿，呈给最尊贵的客人喝。前几水的茶都是给长者和客人们喝的，小孩子不能喝，也不敢喝，怕喝醉。我喝过被他们喝得不喝了的砖茶，就是已经很淡很淡的那种，有一种淡淡的清香，小的时候不常喝到，只有在父亲面前表现好了才有机会喝。我听说过被"罐罐茶"喝醉的人，据说比被酒喝醉要难受得多，我没敢尝试过，老人经常告诉我们，喝茶前一定要吃点儿东西，不然胃会难受，也会容易喝醉。

我们家乡人都爱喝早茶，就是一大早起来，生火熬茶，一边揪着蒸馍，一边呷几口茶。据说他们有茶瘾，一天不喝茶就浑身难受，像抽大烟的感觉一样，一天都没有精神。我是没有感受过，但是见过很多老乡，无论天阴下雨，还是收割种麦，早茶必须要喝，真应了"一日无茶则滞，三日无茶则痛"之说，这也许与家乡慢节奏的生活习惯有关，在城市里很少见有在家里熬煮茯茶的。因此，这次提议参观茯茶的发源地，勾起了我年少时的很多回忆，缠绵了我的家乡情结，对我还是有一定诱惑力的。

老板介绍茯茶的饮用是很讲究的：一是清饮，即开水冲泡；二是调饮，即用壶熬煮。清饮是将茯茶用茶刀或茶针捣取少许，放入壶中（一般为壶的1/5～1/3为宜），将开水注入壶中，水量以盖过茶叶为宜，轻轻晃动茶壶，然后将茶水倒出，这个过程称为洗茶，使茶叶充分舒展，有利于茶汁浸出。再用90摄氏度以上的沸水冲泡，20秒后将茶汤注入洁净的杯中，根据汤色的深浅来均匀茶汤的浓淡，以适合不同的口感滋味。将茶水倒入小杯中，敬送给客人品尝。这种冲泡茶的方法，在茶道中称为清饮。把茯茶掰碎投入壶中水里，搁到火炉上熬煮，待茶汁熬出陈色来，再渗进鲜奶、奶皮或奶酪伴煮，有的还加进酥油、食盐或白糖，把奶茶煮得稠稠的让家人或亲朋饮用。这样的饮茶方法，在茶道中称为调饮。

生活在城市，用开水泡茶已经习以为常，我们肯定不会选择用壶熬煮茶。一会儿工夫，老板熬煮的茶香溢满小屋，品着老板熬煮的色泽红艳明亮、味道浓郁香陈、成色看好、年份不同、价格不等的悠悠浓茶，享受着古人"香飘屋内外，味醇一杯中"之美感。和教授们谈天说地，感叹着人生志向，倡议着未来规划，有种以茶会友悠然自得之快感，甚是美哉！

天下之茶，源自中国，品茶悟道，甘苦之间，启迪深远。和教授们品茶、悟茶、论天下，既是师长又是文友，品茶悟道，何其美哉！

中国人喝茶历史悠久，四千七百年前，"神农尝百草，日遇七十二毒，得茶而解之"。时至今日，中国茶之美，仍然深藏民间。如今品尝这地地道道的泾阳茯茶，感受中国茶文化之博大精深，让人有种再现圣道之活法，提升境界之感。

据说陕西茯茶离了泾河水不能制，离了关中气候不能制，没有陕西人的技术不能制。最早的茯茶可以说是湖南和陕西合作的产物，湖南提供安化黑毛茶作为原料，在陕西泾阳加工制作。虽然现在有陕西泾阳茯茶和湖南益阳茯茶之分，但是陕西茯茶是茯茶工艺的创制者，是茯茶当之无愧的鼻祖。

陕西泾阳茯砖茶不仅文化历史渊远，而且功效显著。据说茯砖茶有一套特殊的制作方式，是泾阳人发明的，是用特殊的加工方式发酵成"金花"的茶砖，茶中的金花色泽黑褐油润，金花茂盛，菌香四溢，对人体新陈代谢有调节作用，并有降脂、降压、调节糖类代谢的功效。金花熬制的茶汤橙红透亮，清纯不粗、口感强劲，滋味醇厚悠长。西北地区有"宁可一日无粮，不可一日无茶"之说。

丝绸之路、茶马古道，千年茶史，千年道史，天下以茶相识，以道相知，茶道，通天下。陕西泾阳茯茶经民间到官府制造、销售，带来了贸易，沟通了世界。数百年来，泾阳茯砖茶以其独特、不可替代的作用，被誉为"中国古丝绸之路上神秘之茶""西北少数民族生命之茶"，远销国内外市场，成为中外文化交流的一部分。

三伏天，话茯茶。品的是"茶"，话的是"道"。

（2016年8月20日写于金城兰州西固城）

南岳衡山

三山五岳，是中国的历史文化名山。三山是指黄山、庐山、雁荡山，另一种说法是指传说中的蓬莱（蓬壶）、方丈山（方壶）、瀛洲（瀛壶）三座仙山。五岳指东岳泰山、西岳华山、南岳衡山、北岳恒山、中岳嵩山。

南岳衡山

2017年8月11日，全国政治学科名师大家齐聚湖南长沙，在共同研讨学科发展和教师专业成长之余，我有幸一登南岳衡山，饱览三山五岳之壮美，感受五岳之一衡山之名副其实，为充实学科知识，扩展教育资源，陶冶个人情操，丰富教育思想创设实地考察之情境。

我们乘坐高铁到衡阳衡山西站已经下午5点左右，从衡山西站到衡山还需要乘坐大巴或者出租车，我们选择夜住衡山半山亭一家"农家乐"，这样方便第二天完成登山任务。

半山亭顾名思义就是山的中间，我们原计划下午爬一半山，第二天爬另一半山，这样轻松一些，也能保证赶在中午下山返回长沙。况且这几年我的身体已经大不如前，记得前些年夜登泰山，昼爬崂山，上下自如，从不胆怯。然而现在工作比原来忙多了，身体素质急剧下滑，也只能规划一山当作两天爬。我们原以为"农家乐"是在半山亭附近，真正位置却在忠烈祠附近，忠烈祠还没到山的四分之一处。

衡山忠烈祠，是纪念抗日战争阵亡将士的大型烈士陵园，其规模之大、规格之高、内容之广、震撼之深，是史无前例的。我们住下，趁天还没有黑，参观了忠烈祠，感受了松柏掩映、翠峦环抱中的忠烈祠，它的建造特别像南京中山陵的形式，祠内的花岗岩石板大道和二百七十六级石磴衔接，我们拾级而上，参观了牌坊、"七七"纪念塔、纪念堂、致敬碑、享堂，接受了一次爱国主义洗礼。

穿过忠烈祠享堂，来到上山的柏油马路，我们乘势而上，准备弥补住宿太靠山底的不足，徒步爬到半山亭。在月影的陪伴下，在对面山峰福严寺的映衬中，我们沿小路走走停停，汗水伴着急促的呼吸，偶尔听到路边林中卖水的叫喊，星星点灯指引前方的道路。一年来没有的锻炼，一年中没有流出来的汗水，在这一刻像崩开的大堤，一泻而不可收拾。我没有擦拭流下来的汗水，任由它自由地排出，带着体内的污浊和工作生活中的残渣，滴答在这天然氧吧、神圣纯洁的土地上，接受洗礼。

途经延寿亭、穿岩诗林、天下南岳、胜境等景观到十方玄都观，这才到达真正意义上的半山亭，这里是上山坐缆车的入口处，此时我们已经走了一个多小时，累得喘不过气。

半山亭始建于齐梁年间（480—557年）。由于它位于南岳区和祝融峰的中间，上下各为十里，故名半山亭。有诗云："半山半庵号半云，半亩半地半崎嵌。半山茅块半山石，半壁晴天半壁阴。半酒半诗堪避俗，半仙半佛好修心。半间房舍半分云，半听松声半听琴。"

半山亭是上下山必经之路，僧人下山买物，挑担回寺，常在此歇息。

因此，半山亭有一段不长、不规格，但却非常热闹繁华的街市，夜到此处，感觉仿佛天上街市一般，甚是热闹。据说站立在半山亭门庭眺望，可见号称"南天一柱"的天柱峰直插九霄；向南俯望，便见湘江逶迤，波光如练；向上仰视，隐约可见白云深处的南天门，可惜我们天黑什么也看不到，人困马乏，在一个类似肯德基的地方充饥歇息，等待"农家乐"主人开车来接。

"农家乐"的主人倒是很热情，给我们切了西瓜（免费），我要了一碗鸡蛋面，一壶他们自煮的米酒，在"干瞪眼"中结束了当天的行程，一夜无语。

清晨六点出门，请"农家乐"的主人用车送我们到昨天晚上接我们的地方——半山亭，我们开始了第二天的徒步爬山行程。

紫竹林，是南岳衡山中最陡峭的一段，几乎直上直下，还没有睡醒的我，在前半个小时的登上中，时时感觉气息不够、天旋地转，像要昏倒的样子。因此，只能放缓脚步，调节气息，感觉仿佛回到当年的万米赛场。佩服的是徒弟居然可以在气喘吁吁的情况下，吃完一碗热气腾腾的方便面，并能马上投入紧张的登山队伍之中，真是感叹年轻人的力量与霸气。

到寿佛殿、铁佛寺、五岳殿时，气息已经调整得好多了。伴随着熙熙攘攘上山的人群，偶尔坐在路边的石凳上歇歇，观赏沿路的风景。看看背着孩子登山的父母；羡慕少男少女们有说有笑、蹦蹦跳跳爬山的活力；憧憬热恋中情侣们背着香火，手拉手登顶烧香，期待人生幸福美满情景；暗思同是五岳登山人，来路想法各不同。

徒弟们时不时搞点小动作，说说笑话，拍拍照，感慨一下南岳的俊秀，调节登山过程的气氛，一路愉悦。到达湘南寺时，已是阴云密布，下起蒙蒙细雨，刚才还是艳阳高照，瞬间山头大雾弥漫，什么也看不清楚，只见林间小道瞬间出现一群群卖雨衣的人。到祖师殿时，发现路上行人摩肩接踵，都穿着雨衣。还没到南天门，天气豁然开朗，太阳又普照大地，游人们脱掉雨衣，撑起了太阳伞。这不到半小时的阴晴之别，让我们感慨天公作美，山民们今天不枉出行，雨衣售卖得甚好。

顺着南天门登上后面一座更高的山——祝融峰，才算真正登顶。

祝融，华夏族上古神话人物——火神。火神是三皇五帝时夏官火正的官名，与大司马是同义词。相传祝融喜火，成了管火用火的能手，黄帝就任命他为管火的火正官。因为他熟悉南方的情况，黄帝又封他为司徒，主管南方事务。他住在衡山，死后葬在衡山，故名祝融峰。

南岳衡山留影

祝融峰，是南岳衡山72峰的最高峰和主峰，海拔1300.2米，高耸云霄，雄峙南天。有诗云："祝融万丈拔地起，欲见不见轻烟里。"祝融峰被誉为"南岳四绝"之首。其景点包括老圣殿、上封寺、望月台、南天门、会仙桥等，是一个以自然景观为主，人文景观为辅的景区。每年数以百万计的游客来此观日出、看云海、赏雪景。祝融峰是根据火神祝融氏的名字命名的，人类发明钻木取火后却不会保存火种，也不会用火，祝融氏由于跟火亲近，成了管火用火的能手。为了纪念他对人类的重大贡献，将衡山的最高峰命名祝融峰。在古语中，"祝"是祈祷，"融"是光明，祈祷他永远光明。

我们沿狮子岩、开云亭，经上封寺、圣帝殿到祝融峰。祝融峰顶有祝融殿，原名老圣帝殿，明万历年间（1573—1620年）始建为祠。殿后岩石上装有石栏杆，北山风光尽收眼底。西边，有望月台，月明之夜，皓月临空，银光四射，景色格外明丽。游人站在台上，欣赏月色，别有一番景象。正如明代孙应鳌的诗所描绘的："人间朗魄已落尽，此地清光犹未低。"

我站在石栏处，任山风肆意掠过，在八月火热的南方，还略感一丝冷意，不禁打了一个哆嗦，紧裹了衣服，寻一处游人稀少的地方，一个人站在那里，极目四望，寻找一路伴随脑海的问题：中国名山之多，为什么独有这几座山称为"五岳"？这是来自"山"，还是来自"道"？还是"山""道"兼而有之？……每每到此绝佳胜地，总想一个人静下来，细细思考一些问题，不想被人打扰。

东岳泰山有其雄，西岳华山有其险，南岳衡山有其秀，北岳恒山有其奇，中岳嵩山有其峻，人们总能发现名山之独到的特点，也有"恒山如行，泰山如坐，华山如立，嵩山如卧，衡山如飞"的说法。人们常说"五岳归来不看山"，我在尽力寻找名山之名的突出点，唐朝诗豪刘禹锡说："山不在高，有仙则名。"这名山仙在何处？哪处是人们修炼成仙的地方？

我领略过蓬莱山的仙境，体味过八仙过海的仙道，也感悟过黄山、庐山、雁荡山三山的独到，独有这五岳让我一直在琢磨"黄山归来不看岳"的说法。

在南岳衡山景观中，祝融峰之高、方广寺之深、藏经殿之秀、水帘洞之奇，历来被称为"四绝"。登祝融峰顶，极目四望，江山脚底，峰高眼阔，胸怀无际。脚下群峰如浪，绿涛起伏，云海层叠，湘江如带，变幻无穷，遥向祝融，俗称"五龙捧圣"，妙哉！

登衡山必登祝融。古人说："不登祝融，不足以知其高。"当然，五岳在我国不是最高峻的山岭，五岳之中华山海拔最高，海拔也只有2154.9米，衡山海拔最低，只有1300.2米，但是它的地面落差高度很高，显得格外险峻。

在徒弟们的呼叫声中，回过神来，乘车下山……

回兰州很久，五岳劈地摩天，气冠群伦的气势仍久久不能忘去，历久弥新。千百年来，皇帝在这里祭祀，僧人道士在这里修行念经，善男信女在这里烧香许愿，名人雅客在这里赋诗作画，给五岳留下了众多的人文遗迹。五岳不愧为天下之名山，难怪人们登五岳后，会发出"五岳归来不看山"的慨叹。

（2017年9月写于金城兰州）

古城西安游

2017年农历正月初五，带领拓遥UMUNC队参加模拟联合国西北分会。会场设在古城西安莲湖路古都文化大酒店。由于在会议期间学生是封闭式比赛，我有了为数不多的闲暇时间，有幸深入了解仰慕已久的13朝古都西安。

虽说是深入，也不过是走马观花似的参观了几个地方，坐了无数辆公共车，穿越了一些古街小巷，饱尝了西安的特色小吃，体验了一下城中百姓的民风民俗，回忆了一些历史故事，留下了一点儿文字记忆，给腿脚找了不少的麻烦。西安是一部读不完的书，是一座猜不透的城。仅仅四五天的时间，根本谈不上深入。但是对我而言，也算深入了吧！

一、西安游行

初六上午7：30到西安报到，待住宿安排好已经中午了。下午从玉祥门步行，我沿着莲湖路、西五路由西向东，参观了"全民健身"的莲湖公园，体验了"党史教育基地"革命公园，直接到五路口，沿解放路向南，经万达广场，逛民生百货，在人人乐美食城，品尝了一番西安特色小吃。

晚饭后，我沿解放路继续南下至大差市，即东大街由东向西，目睹了西安阿房宫维景国际大酒店和城区的特色建筑，到骡马市步行街，考察了步行街的美食城，在东木头市体验了老马家牛羊肉泡馍，西进至南大街。然后由南向北，在钟楼东南侧麦当劳暂歇，待街头华灯初放时，一逛西安夜市灯会。

晚上6：30左右，街头灯火初放，火树银花不夜天，好不热闹。围着钟楼观灯，看人流如潮，四处拍照，体验关中风情。有诗云：

丁酉立春时，

夫妇西安游。

腊梅伴春花，

暖意心中有。

火树银花路，

灯笼格外明。

相隔二三里，

相照喜相迎。

我们由南大街继续北行，参观了新世界百货西安店，经西华门大街向西，远观莲湖区政府，门前大红灯笼非常耀眼夺目。由北院门向南进入西安著名的回民街。

回民街人山人海，不同音色的叫卖声、不同风味的小吃店、不同神色的门面人，夹杂着游人的说话声，热闹非凡。整个街道灯火辉煌，恍如白天，商品琳琅满目，购者络绎不绝。我被这盛景盛情所感染，想留住在这人间天堂的街市，高举着摄像机，四处寻找进入镜头的场景，捕捉能调动记忆的灵性。

在人群中，逛完了西羊市、高家大院，驻足在老槐树下，看看回民中学的门牌，各种奇思异想五味杂陈，在众人的簇拥中，来到了老孙家牛羊肉泡馍，怎么也得品尝一碗，这时才明白眼大肚子小的道理，只能和爱人分享一碗了！真所谓：

春节时分西安游，

古城火树银花路。

灯笼高悬枝头树，

钟楼鼓楼齐夜天。

民族特色回民街，

人声鼎沸生意隆。

翘首留记摄像忙，

味美饭香肚不容。

出了回民街，就是鼓楼，在灯火辉煌的鼓楼上面，高悬着金光闪闪的四个大字——"文武盛地"。我围着鼓楼观赏一周，在鼓楼广场上驻足片刻，看着来来往往的游人，细细感悟了一番大唐盛世的繁华。夜已经深了，人困马乏，在鼓楼前坐车回玉祥门入住。

二、汉长安城遗址

初七上午，我们在玉祥门乘坐301路公交车，再转234路公交车到达汉长安城遗址。汉长安城遗址位于西安市西北部未央区境内，西为皂河，东为汉城湖，遗址周边有渭、泾、灞、沣等多条河流。汉长安城遗址核心区域面积为36平方千米，遗址保护总面积为75.02平方千米。主要包括长乐宫、未央宫、桂宫、北宫、明光宫、武库等遗址。汉长安城是中国历史上第一个国际大都会和当时世界上规模最大的都城，现在一片荒凉，全然没有史书描绘的繁华场景。

汉长安城遗址

西汉以后，新莽、东汉（献帝）、西晋（愍帝）、前赵、前秦、后秦、西魏、北周、隋等相继以汉长安城为都，从汉初建城到隋文帝开皇二年迁都大兴城，历时近800年。我是慕名而来，但是凭两条腿，只能勉强从西北角入，途经石渠阁遗址、汉长安未央宫遗址，登上天禄阁遗址城台，目极整个庞大的城池，一片荒芜。据当地老农口述，原来城内有几个村庄，因国家保护性拆迁全部搬出。站在天禄阁遗址上面向西南方向望去，将士操练水兵的呐喊声震耳欲聋，左手不远处是最大的前殿基址，夯土台基隆起，成了遗址中最高的阁台。据说南北长约350米，东西宽约200米，北部最高处达15米。正所谓：

汉长安古城，

遗落西北角。

丁酉立春日，

百年难一遇。

早起赴遗址，

城内大静寂。

登上天禄阁，

四目汉室兴。

南遥水兵场，

将士声赫赫。

西望烽火烈，

一片泪涟涟。

偌大汉公室，

一夜火烧尽。

忆起阿房宫，

历史重蹈覆。

人间冷暖分，

自虐负堂皇。

珍惜时代好，

兴复华夏梦。

　　我们从汉长安城遗址东北角出，沿未央区邓六路一路向北，步行至南徐寨村石化大道十字路口，乘坐912路公交车，途经汉城湖到大明宫国家遗址公园，已是下午时分。

　　大明宫国家遗址公园地处长安城北部的龙首原上，始建于唐太宗贞观八年，是唐朝的象征，面积3.2平方千米。大明宫南部为前朝，自南向北由含元殿、宣政殿和紫宸殿为中心组成；北部的内廷中心为太液池。

　　唐长安城有三座主要的宫殿，分别是太极宫、大明宫和兴庆宫，称为"三大内"。现在太极宫已经被城市建设所掩埋，遗址保留很少，遗址保存最好的就是大明宫了。大明宫位于太极宫东北方的龙首塬高地上，是一座相对独立的城堡，可俯瞰整座长安城。从唐高宗开始的历代皇帝都在这里居住和处理朝政，称为"东内"。宫城为中轴对称格局，前部由丹凤门、含元殿、宣政殿、紫宸殿等组成前朝的南北中轴线，后部以太液池为中心组成内庭，分布着麟德殿、三清殿、大福殿、清思殿等数十座殿宇楼阁。整座大明宫东西宽1.5千米，南北长2.5千米，面积约3.2平方千米，是"三大内"中最大的一座。

　　游览中印象最深的是太液池和含元殿。太液池又名蓬莱池，是唐王朝重要的皇家池苑，位于大明宫北部，分为东池和西池两部分，西池为主池。太液池中的蓬莱山亭是皇上宴请群臣的地方，坐在池边久久凝望池心的蓬莱亭，想象着帝王的生活，颇有感慨。

　　经过大明宫博物馆来到最高处的含元殿，居高临下，极目四望，正南方向的丹凤门，远远矗立。正前面的御道赫赫肃立，左右两边的翔鸾阁、栖凤阁庄严宁静，两边上朝的群臣队伍威武雄壮，好一个大唐盛世，何等气势！

三、曲江寒窑

曲江寒窑

　　初七上午，我们在玉祥门乘坐501路公交车，然后在南门换乘609路公交车到达曲江寒窑。曲江寒窑位于西安市南郊大雁塔附近的曲江池东面，鸿固塬畔鸿沟岸上。小时候常常听到的，著名戏剧秦腔《五典坡》（又名《王宝钏》）中的主人公王宝钏居住的地方。据说唐朝时，丞相王允的三女儿王宝钏为摆脱封建婚姻的束缚，争取婚姻自由，忠于爱情，在寒窑苦守十八年，受尽人间苦难，终于待得丈夫薛平贵荣归长安与她团聚。

出了寒窑沟口就是曲江池遗址公园，北接大唐芙蓉园，南至秦二世陵遗址，占地面积1平方千米。我们顺江北上，游览了湖心仙岛，看对岸重重柳堤和池水倒影涟涟。漫步堤岸，看唐代诗人留下脍炙人口的诗句，忆昔开元盛世之胜景，效仿盛唐的名士仕女们，慢行细品古今盛衰，可怀古、可赋诗、可放歌，没有人时可以吼秦腔。

远眺曲江池岸边，秦时名园唐时关，恍如眼前，如梦回大唐曲江，游人如痴如醉，心旷神往。据说秦始皇在此修建离宫"宜春院"，汉武帝时把曲江池列入皇家苑囿，隋文帝称池为"芙蓉池"，称苑为"芙蓉园"。曲江池，兴于秦汉，盛于隋唐，历时千年，是中国古代风景园林之经典。秦代曲江，一片天然池沼，称为隑洲，汉武帝时因其水波浩渺，池岸曲折，"形似广陵之江"，故取名"曲江"，隋唐之时大兴土木，皇帝带领群臣在此饮酒作诗，盛于一时。

时不待人，已经黄昏时分，我们顺江而上，来到了大唐芙蓉园南门，正月大唐芙蓉园举办灯会，夜票晚上6：00入园。我们在芙蓉园南门门口挑选了一家适合口味的"锅品面吧"，两碗锅面，面条筋道，味足量大，一顿狼吞虎咽后，一天的疲劳灰飞烟灭，稍做休息，轻步迈入大唐芙蓉园。

芙蓉园

芙蓉园内灯火辉煌，火树银花，游人摩肩接踵。占地约66.7万平方米，水域面积约20万平方米的芙蓉园，是中国第一个全方位展示盛唐风貌的大型皇家园林式文化主题公园，我们围着全园标志性建筑紫云楼观赏一周，参观了唐诗峡、芳林苑、仕女馆，观赏了沿途路边各式各样的灯花，在人们的簇拥下，远眺着湖面上的灯饰，凝望远处紫云楼上空"形神升腾紫云景，天下臣服帝王心"的唐代帝王影像进入了芙蓉园西门。有诗云：

今日一进芙蓉园，

大唐神采美名传。

紫云楼上紫气升，

玄宗婉妃酒歌声。

芙蓉湖水映阳照，

曲江流欢本相连。

异曲同工乐逍遥，

楼亭起伏柱擎天。

御宴杏园唐诗峡，

巧遇灯会更璀璨。

出门向西北方向，进入大雁塔南广场。我们穿过了唐大慈恩寺遗址公园，绕过大雁塔南广场，直接进入了大雁塔。晚上8：00，距离大雁塔北广场音乐喷泉开始还有半个小时，我们挑选了有利的位置静待花开。

我观看过三次大雁塔音乐喷泉，大雁塔喷泉位于大雁塔北广场，它是亚洲雕塑规模最大的广场，广场内有2个百米长的群雕，8组大型人物雕塑，40块地景浮雕，大雁塔音乐喷泉有世界上坐凳最多、世界上光带最长、世界首家直引水、世界上音响组合规模最大等多项纪录。音乐气势恢宏，喷泉造型大气，让人叹为观止！

冬季的音乐喷泉没有夏季的有气势，但是前来观看的游人不比夏季少。

四、登西安城墙

初八上午休整，下午出发登西安城墙。我每次来西安，总有想登上城墙静静地看一看长安城的冲动，总想让记忆中的纸质版景象还生。

现在西安城墙指明城墙，是中国现存规模最大、保存最完整的古代城垣。西安城墙是在唐城墙的基础上修建保存至今，墙高18米，顶宽12～14米，底宽15～18米，轮廓呈封闭的长方形，周长13.74千米。西安城墙主城门有四座：长乐门（东门）、永宁门（南门）、安定门（西门）、安远门（北门），这四座城门是古城墙的原有城门。从民国开始为方便出入古城区，先后新辟了多座城门，至今西安城墙已有城门18座。每个城门都有自己一段或长或短、或多或少的历史，相信对其有一些了解的人，当站在不同的城门上时，会联想起城上城下发生的一些故事，给现在的城墙、城门赋予太多的神秘和玄机。

我之前也去过几次西安，但都没能留下些文字性记忆，感觉总是泛泛的，印象不够深刻。这次西安之行虽然只有短短几天，但是每天晚上总要随心写点儿东西，记录一下自己的感受和理解。因此，感觉这次西安之行对我而言，完全可以用"深入"二字形容。

（2017年2月7日写于金城兰州）

大漠的灵魂

八百流沙界，三千弱水深。鹅毛飘不起，胡杨根底沉。生，千年不死；死，千年不倒；倒，千年不腐，三千年的守望，只为等待你的到来。

2017年10月1日，我有机会驱车一游额济纳旗胡杨林。说起看胡杨林的想法在我脑海已经很久了，苦于各种原因一直搁浅。今年条件具备，正是前往千里之外额济纳旗一览胡杨林的最佳时机。同几个伙伴，在国庆节当天驾车出发。

我们选择的路线是兰州—武威—张掖—酒泉（嘉峪关）—金塔—酒泉东风航天城—额济纳旗—乌力吉苏木—S317—金昌—兰州。

一、酒泉、嘉峪关

2017年10月1日中午11点半，我们一行躲过了出行高峰，经黄羊头上高速，沿G30连霍高速经武威、张掖，傍晚时分抵达酒泉。晚上住在酒泉同合顺大酒店。

酒泉的饮食很有特色，羊肉有新疆的特色。我们品尝了饸饹面、羊头汤和著名的羊肉麻什子。据说羊肉麻什子也称疙丁子，和面要硬，擀切成小方面丁，煮透捞出浇上以羊肉汤为主配的粉块、粉条、羊肉末、豆腐丁及其他块状菜丁的汤，稀稠适中，味道很鲜。

酒泉的植物园很有味道。令我印象最深的是三角梅，这里三角梅的生长态势和鲜艳色泽不逊海南的三角梅，园子里到处都是，气势恢宏，仿佛置身于海南万宁兴隆植物园中。另外就是石头上镌刻的字，已经形成气候，这种艺术品到处都是，还有刻着12生肖的石头，对每个生肖的解读可谓详尽，为了找到各自的生肖石头，留影纪念，我们花费了不少时间。石头上雕刻的古诗词和中国最难写的22个字，让我们大开眼界，久久不能忘怀。植物园外面几十亩的薰衣草花海，让人心花怒放，激动不已。植物园旁边的酒泉民俗博物馆是3A级景点，其中的奇石古树、根雕异草，被雕刻得活灵活现、栩栩如生，给我们留下了深刻的印象。

镌刻汉字的石头

　　下午赶到嘉峪关，游览了5A级景点天下第一雄关——嘉峪关城楼。嘉峪关，修建在万里长城西端终点，峭立在嘉峪山之麓，巍峨宏伟，险峻天成，气势磅礴，是古代"丝绸之路"上的必经关隘。景区还有长城第一墩和悬壁长城，虽然只有咫尺之远，但是由于时间关系，我们没能前往。我们参观了门口的黑山石雕群、嘉峪关长城博物馆，步行登上城楼瞭望古丝绸之路，感慨天下第一雄关选址人的智慧和伟大。

二、金塔胡杨林

10月2日下午7点左右，我们途经鸳鸯湖景区、金沙湖漂流区，到达"胡杨花开"金塔县。金塔胡杨林景区很人性化，交费后连人带车都可以进入景区露营。这是我们最想要的旅游方式，很合口味。

进入景区天色已晚，我们很快找了一块空地安营扎寨，操办晚餐。

金塔县露营

深夜的景区很是安静，没有一点儿风声，月亮很亮，星星很明，芦苇与红柳交织缠绵在一起的狂野，一望无际。一个人走在红柳相伴的小路上，月亮相照，影子相随。夜静得出奇，万籁俱寂，真应了那句"深林人不知，明月来相照"的诗境。

走在没过头顶的红柳丛中，我开始有点儿害怕，回去拉着爱人，沿着另一条小径，走在空旷的田埂上，赏月观景，讲那过去的故事，仿佛回到了久违的童年时代。20世纪七八十年代的农村，没有电灯，晚上靠的是月光，启明星是我上学的钟表，也许是在城市生活的时间长了，看星星的机会少了，给爱人讲"北斗七星"和银河"牛郎织女"的故事时，星星的位置居然大费周折地找了半天，第一次还找错了位置。看着天色晴霁，皓月当空，回忆儿时母亲绘声绘色地给我讲"嫦娥玉兔"的故事，谁想我们已经和母亲阴阳两隔快20年了。

和爱人躺在车厢里，透过全景天窗看星星，一起回忆小学学过的"数星星的孩子"，仿佛那个年少的我就在昨天，说着说着，爱人轻微的呼声已起，我知道那是她太累的表现，两天的旅途，她没少操心……

10月3日早上，天蒙蒙亮，我就急匆匆地带着相机寻找拍摄日出的最佳取景点。金秋十月的胡杨林，绿的、黄的，交相辉映、错落有致，别有一番情趣。金塔的胡杨林主体部分是20世纪五六十年代，为三北防护林建造的上万亩人造胡杨林，称"小胡杨林"，这个"小胡杨林"是相对于额济纳旗的胡杨林而言的。

金塔胡杨林由金波湖核心游览区、沙枣林观光休闲区、瀚海红柳林保育区、沙漠康体理疗区和芦苇湿地迷宫区五个功能区组成。金波湖碧波荡漾、晨曦斜影，金黄色的胡杨树叶闪着银光，倒映在水中，上衬着一望无际的蓝天，下映着一汪清澈见底的湖水，水天一色，胡杨一体，景色如画，美不胜收。无数爱美的女子披着五颜六色的披风、穿着各种各样的长裙穿梭在林间，绞尽脑汁地摆弄着各式各样的姿态，想让自己的美丽永远留在相册里。

金塔胡杨林

驱车自由穿行在胡杨林间，伴着轻盈的音乐旋律，领略大漠风情，鉴赏胡杨文化，探秘桐林幽境，体验沙瀚野趣。任红柳红研秋醉，芦荻白花寒吹，胡杨金碧耀眼，思绪驰骋飞扬，心旷神怡，岂不美哉！千年"观音杨"，树大根深，郁郁葱葱，枝丫整齐，似千手观音，亭亭玉立，灵童化身，左转、右转福运全有，上看、下看寿比南山。捡起几片遗落地上的胡杨叶片，文脉清晰，金黄如洗，饱含水分，质厚色艳。幼小的胡杨，叶片狭长而细小，宛如少女的柳叶眉；壮龄的胡杨，叶片变成卵形或三角形；老年的胡杨，叶片才定型为椭圆形，真是奇妙绝伦。

三、东风航天城

下午离开金塔，一路沿酒航路、巴丹吉林沙漠北部直奔东风航天城。沿途参观了弱水河畔的瓜地和棉花田，帮助农民摘棉花，体验了一把农民的辛酸。

傍晚时分，才到东风航天城，早已过了售票的时间，我们掉头参观了东风胡杨林露营公园。东风胡杨林露营公园位于酒泉卫星发射中心西侧，东风航天城检查站外1千米处，弱水河畔，属五星级露营公园。园内有接待中心、住宿餐饮、房车营位、帐篷区、停车场，更有最原生态的胡杨林。坐在沙漠深处的沙丘上，看静静的弱水轻轻地流过沙漠戈壁，滋润着这片沙漠深处的生命，给荒芜以绿意。它源于祁连，终于沙漠，由东南向西北为"黑河"，由西南转东北为"弱水"，千万年孕育了这片沙漠绿洲，滋生了胡杨的生命，给荒芜的戈壁沙漠赋予灵性和美的动感，像缠绕在戈壁沙漠上的一条玉带。矗立在古老胡杨的树影下，遥望渐下的夕阳，那一抹淡红掠过弱水河面，倒影如血，穿过眼前的胡杨树缝，映得胡杨树叶一片金黄，好不漂亮。

人有时候需要安静，静生智，定生慧。静心体会戈壁深处的寂静，找寻自己灵魂的真实存在，忙碌的城市生活，高频的城市节奏，让我们迷失了自我。只有此刻，才可以用心听听自己的心跳，感受一下自己的呼吸，找到了真实的自我，这真是一次心灵的洗涤。

从胡杨林公园出来，已是伸手不见五指的时候了，我们就近选择了房车营位和帐篷区，由于时间太晚，心急又看不清，车子陷入了一处土坑出不来了。在同伴们的热心帮助下，花了一个小时总算开出来了，大家一生气，决定不在此处露营，回到国道加油站旁安营扎寨一晚。

10月4日早上一起床，发现车旁停满了车，是自驾游车队，他们统一行动，支拆帐篷动作非常娴熟，5分钟搞定；有几辆价值百万的旅行车，车上面支着帐篷，车下面正在做饭。我感叹国人生活方式和观念的转变。

上午，天气晴朗，碧空万里。我们穿越一望无际的戈壁沙漠，遥望中国最早建成的运载火箭发射试验基地，是在"酒泉西望玉关道，千山万碛皆白草"的戈壁沙漠中建造的一块绿洲。我们寻找了路边一处空地，开始做饭解决早餐，半个小时我们就吃上了热气腾腾的面条，在渺无人烟的沙漠戈壁中，能如此快速地吃上自己做的合胃口的饭菜，那种体验感、自豪感、幸福感洋溢在每个同伴的脸上。

四、额济纳旗胡杨林

我们早上用过饭后一路狂奔，中午时分到了额济纳旗，迫不及待地赶往售票处。

十一期间的胡杨林真是人山人海，我们在门口没有照上一个没有游客的完整照片。景区对游览线路做了调整，从一道桥需要步行到二道桥，然后从二道桥到八道桥只能沿着一个方向观看，不能坐车走回头路，而且2：30停止售票，限制人流量，大家可以想象景区有多少人。

胡杨树

从一道桥到二道桥，是整个景区人最多的景点，其间有各种形态各异、造型奇特、千奇百怪，神态万般诡异的胡杨，有的树身很粗，几个人难以合抱，挺拔的有七八丈之高，怪异得似苍龙腾越、虬蟠狂舞，令人叹为观止。有的胡杨早已死去，但是枝头树叶却浓密金黄，它那极强的生命力令人惊叹。拍照人群与胡杨交织在一起，阳光、蓝天与金色的树叶映衬在一起，形成强烈的反差，鲜明的影调，亮丽的色彩，随便举手信拍，每张照片都是一道风景，无数人用诗歌、散文赞美过胡杨。此时，我感觉任何语言文字都显得苍白无力，只能默默感受，轻轻赞叹。

额济纳旗胡杨林景区一共有八道桥，最值得看的是二道桥、四道桥和八道桥，建议用1天的时间游览，我们去得晚，只看了一道桥和七道桥。额济纳旗胡杨林每道桥的景色大不相同。一道桥（西大门）陶来林，有景观桥、祈福树等。二道桥倒影林，是胡杨林中最美的一道风景线，金色的胡杨与静静的河水相互辉映，夫妻树、情侣林吸引多少少男少女和痴情男女驻足停留，久久不愿离去。这里有水，拍日出、拍倒影，美不胜收。三道桥红柳海，成片红的海洋，火的世界，不在江南，胜似江南。四道桥英雄林，这里是土尔扈特化身而成的胡杨英雄林，树形高大密集，树龄都比较长，看起来很有感觉，是电影《英雄》的外拍地，也是拍摄胡杨人像的最佳去处。五道桥是土尔扈特庄园。六道桥暂时没有开放。七道桥梦境林，这里是唤醒千年胡杨生命的开始，湖光山色，美不胜收。这里有穿着红色、白色、淡蓝色衣裙或者披着颜色靓丽的丝巾的女士们，左拍拍、右拍拍，感觉不知道怎么拍才能满意，我只能在其间把她们也当作风景去拍、去欣赏了。值得一提的是，七道桥是我们游览时间最长的景点，在这里我仔细地研究了胡杨千年不老的原因，感叹胡杨木质结构的细密，找寻到了一个也许三千年的胡杨遗骸，形态酷似"龙头"。我费尽千难万阻，将其带回家中留作纪念，这也是我对胡杨的永久念想。八道桥沙海林，这里是巴丹吉林沙漠北缘，是胡杨林的东门，有东归英雄沙雕、火车营地、沙漠越野车等。这里是拍摄蜿蜒的沙丘和沙漠驼影的好去处，也是看日出、滑沙、骑骆驼的首选地。

我们到二道桥准备乘车前往下面的景点，结果排队等车1个多小时，以至于我们上车后不敢下车，临时改变计划，直接坐到七道桥，在七道桥游览1个小时左右开始排队上车，结果又是两个小时，天黑才从景区出来。

落日下的胡杨林，被晚霞一抹，成一片金黄色，慢慢地成金红，最后化成一片褐红，渐渐地融入朦胧的夜色之中。我坐在车里，眼前浮现出秋风乍起，金黄的胡杨叶片，飘飘洒洒落到地面，大地铺上了金色地毯的画面，辉煌而凝重，那是何等的壮观、美丽，仿佛进入神话中的仙境一般。

碧水接胡杨林

胡杨，它生，璀璨如华；它死，狰狞如魅。"活着一千年不死，死后一千年不倒，倒后一千年不朽！"三千年的守望，只为看到你的笑颜。

爱人不知道从哪儿看到的，她说：如果你爱一个人，就带他去看额济纳旗的秋天，因为那是美景的天堂；如果你恨一个人，就带他去看额济纳旗的春天，因为那是地狱。我们感叹在这沙尘暴的发源地，天堂与地狱之间仅仅是一步之遥。

"生命力"是我对胡杨的最深感受，它能顽强地生存并繁衍于沙漠之中，和有"植物活化石"之称的银杏树相媲美。它妩媚的风姿、倔强的性格、多舛的命运激发人类太多的诗情与哲思。这是一个坚强的树种，这是一个多变的树种，它春夏为绿色，深秋为黄色，冬天为红色，那是因为它要适应自然，它要生存。

五、策克口岸、居延海

10月5日凌晨5：00出发，直奔连接额济纳旗与蒙古国南戈壁省的策克口岸。策克口岸在达来呼布镇正北方向70多千米处，矗立在茫茫戈壁滩上。高大的边检楼的造型像一只展翅高飞的天鹅，又像蒙古族土尔扈特部妇女的帽子。买票穿过边检楼，策克口岸纪念碑耸立在左手边，旁边有土尔扈特东归纪念记载，长长的道路北面便是国门，上面国徽庄严悬挂，金光闪闪的"中华人民共和国"金字嵌在门上，出门便是572号界碑。

"策克"是蒙古语，为"河湾"之意。想必这里曾经也许是水草丰美，一片湿意的地方。而今站在骄阳似火的炙热戈壁上，几许无奈、几许敬畏。

游览了策克口岸异常热闹的集市，蒙古族的特色商品、饮食应有尽有。策克口岸大广场上威武雄壮地矗立着成吉思汗雕塑，牵马挥手东征，好不威武。

成吉思汗雕塑

11：00左右，我们返回到沙漠"圣地"居延海。居延海位于额济纳旗达来呼布镇北40千米处，是草原沙漠戈壁中的一个大湖泊，不是江南，胜似江南。它为额济纳旗胡杨生命提供水源，是胡杨的生命之海，被称为"苍天圣地、丝路秘境"。

"居延"是匈奴语，为"天海"之意，是由发源于祁连山的黑河水注入形成的天然湖泊，分为东、西两个湖泊。茫茫戈壁把祁连山草原、八河源草原、阴山草原、鄂尔多斯草原分开，而居延海便是连接几大草原的交通要塞。

居延海形状狭长弯曲，有如新月，额济纳旗河是居延海最主要的补给水源，历史上的居延海水量充足，湖畔是美丽的草原，有着肥沃的土地，丰美的水草，是我国最早的农垦区之一，是穿越巴丹吉林沙漠和大戈壁通往漠北的重要通道，也是兵家必争必守之地。唐代诗人王维的《出塞作》："居延城外猎天骄，白草连天野火烧。暮云空碛时驱马，秋日平原好射雕。"

我站在戈壁山尖遥望居延海，思绪连篇。想当年19岁的大汉将军霍去病大破匈奴后，汉朝曾在这里屯兵戍边，创造了居延地区灿烂的汉文明。西夏国在这里设立"威福军司"，是居延文明的又一次高潮。1226年，成吉思汗蒙古军第四次南征攻破黑城。我眼前浮现着一个个历史的画面。

弱水河畔、居延海边是胡杨的故乡，466平方千米的土地上胡杨苍龙腾越，虬蟠狂舞，千姿百态，美妙绝伦。而如今黑河水断流、居延海干涸，胡杨林现仅残存200平方千米。然这200平方千米胡杨林是阻止巴丹吉林沙漠向北扩散的重要屏障，是中国西部生态的天然宝库。我们哀叹胡杨的远去，也许更应该哀叹人类自己，拯救胡杨林便是拯救人类自己的家园。

世界上最古老的胡杨林，消失在沙漠中的黑水古城，东归英雄土尔扈特人的故里，神秘消失的西夏党羌城堡，闻名遐迩的汉代居延文化，古老的阿拉善蒙古部落，这是一个充满神秘和传奇的地方，也是一条神奇自然和古老文明相伴的探寻之路，历史的痕迹勾起许多联想，让人回味无穷，由于时间关系，我没有体验到位。

残阳如血、漠风当歌，烽火狼烟、羽翎传信。抚摸暮色笼罩下的残垣断壁，沉甸甸的思绪从指间滑落，消失在历史无言的厚重里。古道蜿蜒、笛声幽咽，对视着胡杨林泪水潸然……

在回额济纳旗的路上，我们参观了"神树"。"神树"高27米，主干直径2.07米，胸围6.5米，需6～8人手拉手才能合抱，树龄已有880多年，堪称额济纳旗胡杨树之王。历经千年风雨，依然以旺盛的生命守护着额济纳旗绿洲。如今，在它周围30多米范围内，分别生长出5棵粗壮的胡杨，牧人们称它们为"母子树"，共同守佑这块沙漠绿洲。

神树

六、穿越沙漠

我们回到额济纳旗已经午后，饭后不敢逗留，怀着依依不舍的心情离开额济纳旗，驶上了G7京新高速，一路向东。

由于早晨起得早，我们在雅干服务区酣畅淋漓地睡了一个小时，在"红牛"饮料的作用下，继续在草原戈壁上高速行驶。到哈尔苏海时，天色已晚，一轮圆月从地平线上缓缓升起，珠圆玉润，光芒散照大地。虽然看过很多"十五的月亮十六圆"的情景，但还是没能压制自己的激动，停下车来观赏、拍照。十月份的蒙古草原，晚上风很大，也很冷，应了"早穿棉袄午穿纱"的说法，风虽然很冷，但月光却那样温暖。我凝视着天边缓缓升起的圆月，看着不时有云朵从圆月边上掠过，形成"彩云追月"的美丽画面，真美，我开心地笑了！

草原的月亮很特别，尤其是在汽车行驶几百千米都没有看到人烟的大草原上。深夜，一辆车，两个人，一个月亮，茫茫戈壁，相依相伴，好不诗意。何况草原的月亮真正是皓月当空，偌大的一个圆盘，上面的图案如此清晰明朗，仿佛就在地的那头。我们跟着月亮过了呼和包斯格和苏宏图，已经是晚上11：30了，夜宿乌力吉服务区。

乌力吉苏木位于阿拉善左旗北部，自然地形为南高北低，地貌以戈壁、荒漠、丘陵为主，风大，水资源奇缺。"乌力吉"系蒙古语译音，意为"吉祥"的意思。乌力吉服务区可以用热情、友善、厚爱几个词来形容，服务区特别大，内有供行人免费使用的餐桌、凳椅、热水，有各种各样的食品，价格和外面超市价格一样。工作人员非常热情，卫生打扫及时、干净，餐桌可以供游客煮饭，提供简易液化气等。我们在温暖的休息室做了晚饭，男男女女都接热水洗头，有种回家的感觉。游人们有在外面空地支帐篷露营的，也有怕外面风大、冷，在休息室里面临时支帐篷过夜的，工作人员的厚道和仁爱让我们又一次爱上了草原上的人们，你们才真正传承了儒学之精华——仁爱。

在温暖的意境中一夜酣睡。天蒙蒙亮，我起身到驾驶座，发动车准备出发。今天注定是在沙漠中行走的一天。

汽车行驶了几百米，便下高速，沿S312省道到乌力吉苏木，转向S218省道，由北向东行至巴彦诺尔公苏木，向右手转到S317省道。

我们在巴彦诺尔公草原上下车，准备做饭，才发现与同伴分开，我没有带火。从书上学来的原始击石取火，在空旷风大的草原上，非常艰难，几次火星燃着了餐巾纸，就是不能由火星变成明火。手也熏黑了，脸也变花了，还是没能成功，只好收拾行囊装备上车出发。

不一会儿工夫，来到了巴彦诺尔公苏木，它地处阿左旗西北部，北邻乌力吉苏木，西与阿右旗、甘肃省接壤，是阿拉善盟"三旗一县"跨省交通要道的金三角地区。妻子去一家超市买打火机。我顺便参观了阿旺丹德尔文化广场，阿旺丹德尔（1759—1840年），原籍阿拉善左旗巴彦诺尔公苏木，是一位精通蒙古文、藏文及古梵文的著名学者和佛学大师，7岁出家为僧，18岁赴藏修习深造，在国际学术界享有蒙藏语法大师、辞学家、翻译家、宗教哲学家、文学家等美誉，是阿拉善建旗三百多年来最有影响力的历史文化名人。

穿越巴丹吉林沙漠和腾格里沙漠，不得不说阿拉善山脉。

阿拉善山又称贺兰山，山脉呈南北走向绵延250余千米，在浩瀚沙漠中拔地而起，北接乌兰布和沙漠，南连卫宁北山，西傍腾格里沙漠，东临银川平原，俨然是银川平原的一道天然屏障。"贺兰之山五百里，极目长空高插天"，就是赞美最高峰敖包疙瘩的，其海拔3556米，比我国著名的五岳要高得多。贺兰山地理位置特殊，历来满布刀光剑影。被誉为"朔方之保障，沙漠之咽喉"。唐代诗人王维有诗写道："贺兰山下阵如云，羽檄交驰日夕闻。"

岳飞《满江红·写怀》中也有"驾长车，踏破贺兰山缺"的名句。阿拉善山脉就是草原与沙漠的分界线，阻止了巴丹吉林沙漠和腾格里沙漠的继续扩张。

　　巴丹吉林沙漠主要位于内蒙古西部的额济纳旗、阿拉善右旗，是中国第三大沙漠。巴丹吉林沙漠被认为是中国频发的沙尘暴的沙源，在冬、春两季风力强劲。其中的巴彦淖尔、吉诃德沙山是世界上最高的沙丘。但是沙漠中的湖泊竟然有100多个。高耸入云的沙山，神秘莫测的鸣沙，静谧的湖泊、湿地，构成了巴丹吉林沙漠独特的迷人景观。

巴丹吉林沙漠

　　腾格里沙漠，在贺兰山与雅布赖山之间，位于内蒙古自治区阿拉善左旗西南部和甘肃省中部边境。南越长城，东抵贺兰山，西至雅布赖山。是中国第四大沙漠，"腾格里"蒙古语的意思是"天"，用以描述沙漠"像天一样浩渺无际"。在腾格里沙漠中还分布着数百个存留数千万年的原生态湖泊。湛蓝天空下，大漠浩瀚、苍凉、雄浑，千里起伏连绵的沙丘如同凝固的波浪一样高低错落，柔美的线条显现出它的非凡韵致。

　　十月进入草原和戈壁，别有一番景象。我们沿着巴丹吉林沙漠和腾格里沙漠的交界处一路前行。天公作美，风和日丽，驾车行走在渺无人烟、空旷浩野的戈壁沙漠，一车，两人，一景，浑然天成，用心旷神怡来形容一点儿都不为过。

　　到了阿拉腾敖包镇，我们才真正领略了阿拉善奇妙的地形和丰富的旅游资源。阿拉腾敖包镇是三旗的交会处，这里的特色是十字路口的建筑和偌大

第三辑　情趣纸上跃

的蒙古刀。这里有为游客准备阿拉善旅游图，非常详细。其中著名的景区有额日布盖峡谷、海森楚鲁怪石、曼德拉岩画、阿拉善沙漠世界地质公园、巴丹湖等。

阿拉腾敖包镇留影

　　在巴布日哈日的路边，我们架起炉灶，在烈日炎炎下做起了午饭。由于野炊食材都很齐全，半个小时左右，吃饭结束，稍做休整，拔营出发。

　　草原的路一望无际，笔直可量，时不时停下车来照相，冲到沙丘上高喊。那路，那天，那沙，那云，让我深深感觉自己的渺小，看着前面的路口，一走就是半个小时。坐在沙丘上暗想，冬天这里会是什么样子呢？是白雪皑皑呢，还是风沙一片？也许在这苍凉的背后，时时在上演着生存与死亡的博弈，土地被炙烤地开裂呻吟，绵延万里的黄沙狂舞云霄，生命在痛苦地挣扎呐喊……

　　下午3:00左右，来到了世界岩画之乡——曼德拉山景区。曼德拉山位于内蒙古阿拉善盟阿拉善右旗孟根苏木境内，"曼德拉"系蒙古语，是升起的意思，著名的岩画分布在东西3千米、南北6千米的山地上，迄今为止，人们在此一共发现了4234幅岩画。这些岩画以其历史久远、雕刻精湛、图案逼真、古朴粗犷的特点被誉为"美术世界的活化石"，亚洲第一，世界第二。山上黑石嶙峋，岩脉蜿蜒，周围巨大的岩石皆成圆形，酷似陨石分布，一条崎岖小路不见尽头，这便是曼德拉山。这里不是石林，这里是文化的坟墓，这里是历史的遗迹。曼德拉山岩画以其数量之大、内容之多，延续年代之长，在中国岩画史乃至世界岩画史中都占有重要的位置。

　　行走在阿拉善的大地上，看着满眼的荒凉，忽然想起"千字文"里面的第一句"天地玄黄，宇宙洪荒"。其实荒凉本身是一种美，是繁华过后的回归，这也许就是自然的本身。行走在我国几大沙漠上，感受到祖国大地的辽阔，领悟着地球的神奇，巴丹吉林沙漠集合了沙漠的瑰丽，以其高、陡、险、俊著称于世。腾格里沙漠沙刃随处可见，景象奇伟壮观，缤纷多姿。真乃"大漠孤烟直，长河落日圆"。

　　没走多久，我们便来到库日米图庙，在平坦的草原上耸立一个高大的建筑，非常醒目，门里的道路笔直成一条线，可直接进入雅布赖山。门前是大面积的药材种植基地，能够看得出这里曾经是一片湖泊，水草丰美，人丁兴旺。不远处就是雅布赖镇的"蚂蚁森林梭梭42号林"，在这个地方可以露营。从雅布赖镇进入S212省道，直奔甘肃省金昌市。

库日米图庙

　　路上，我们意外地参观了在路边开发的旅游景点——"三棵树"。十一期间，游人很多，停车场足有几百辆车，我们草草参观了一下，这里开发的项目比较齐全，住宿、餐饮、游玩等一应俱有。尤其滑沙项目，坡上人头攒动，好不热闹。天色已晚，我们就此告别，回家心切，一路直达金昌。

七、金昌、武威

　　10月6日日落时分，我们到达金昌市，全国文明城市就是不一样。街道干

211

净整洁，民风淳朴，虽然地处戈壁沙漠，但植被绿化非常好，是"国家园林城市"。金昌市位于河西走廊东段，阿拉善台地南缘，祁连山北麓，有"祁连近天都"之称。由于地形原因，自古就有"祁连雪皑皑，焉支草茵茵"之说，是久负盛名的天然牧场，誉为丝绸古道上的夜明珠，是中国"镍都"。

我们晚上住在金昌饭店，好好做了休整，准备第二天参观金昌植物园。金昌植物园的照片我早就看到过，很美，一直想找机会看看，这次设计路线也有这个考虑。

早晨我们驾车几分钟就到植物园了，金昌植物园面积很大，我们先观赏了大面积的薰衣草花海，还有马鞭草、万寿菊等，有"小桥流水人家，古道西风瘦马"的感觉。这里景色特别美，游人很多，有天公作美，蓝天映照着花海，景美人美心更美。

金昌植物园设计精致，有音乐喷泉、玫瑰谷、紫金花海、万寿菊种植基地等，园内亭榭廊道蜿蜒曲折，花卉争奇斗艳。园内还有香草园、百果园、原上草、漠上花等区域，溪水潺潺，芳草萋萋，呈现出一个鲜花的世界、色彩的海洋，络绎不绝的游客都拿起手机拍照。不愧为"西部花城，紫金花城"。

金昌植物园留影

午饭后，我们上高速到武威，游览了武威野生动物园和沙漠主题公园后返回兰州，结束了此次愉快的十一假期行程。

八、后记

回到兰州已经一个多月了，十一长假胡杨林之行一直留在心里，印在记忆的深处。总想提笔记录点儿什么，哪怕是心情，抑或情绪。本来想写一篇关于胡杨林的散文，后来还是觉得游记的形式更显真实。但是心中对胡杨的敬重之情从没有减轻。真是看尽"秦时明月汉时关""八千里路云和月"，唯有胡杨，依旧站立在漫漫黄沙里，听尽羯鼓羌笛的幽怨，胡笳十八拍的苍凉。楼兰国的美女在哪里？大宛国的鼎盛今何在？高昌国的霓裳歌舞何处寻？精绝古国在何方？唯有胡杨，依旧站立在历史的浩浩长卷上，看尽英雄沉浮，人间悲欢！

守望千年，只为了等待一个温情的回眸；抗争千年，只为了实践一个忠贞的誓言；沉默千年，只为发出一声惊天动地的呐喊；死去千年，只为了一轮撕心裂肺的重生！这，就是胡杨，一千年不死、一千年不倒、一千年不朽的胡杨！

沙海茫茫，驼铃叮当，默默相送是胡杨。古来征战几人回，弱水流沙，黑城土墙。离人泪，胡杨霜。天涯孤旅，几人愁断肠？古也胡杨，今也胡杨？

（2017年11月18日写于兰州新区景耀勇名师工作室）